Cauchemar
sur l'autoroute

Cauchemar sur l'autoroute

R.L. Stine

Traduit de l'anglais par
LOUISE BINETTE

**Les éditions
Héritage inc.**

Données de catalogage avant publication (Canada)

Stine, R.L.

Cauchemar sur l'autoroute

(Frissons)
Pour les jeunes.

ISBN: 2-7625-7327-0

I. Titre. II. Collection.

PZ23.S85Ca 1993   j813'.54   C93-096448-9

Copyright© 1992 Robert L. Stine
Publié par Scholastic Inc., New York

Version française
© Les Éditions Héritage Inc. 1993
Tous droits réservés

Dépôts légaux : 2ᵉ trimestre 1993
Bibliothèque nationale du Québec
Bibliothèque nationale du Canada

ISBN: 2-7625-7327-0   Imprimé au Canada

LES ÉDITIONS HÉRITAGE INC.
300, Arran, Saint-Lambert (Québec) J4R 1K5
(514) 875-0327

Chapitre 1

*«Je t'en prie, ne fais pas ça, Jean. Je t'en prie…
ne me fais pas de mal.»*

Il entendit de nouveau sa voix en posant le pied
sur la route. Suppliante. Implorante.

Il entendit aussi les sanglots bruyants qui lui
secouaient les épaules.

«Je t'en prie, Jean.»

Ses cris angoissés poursuivaient Jean dans sa
fuite.

«Si seulement je pouvais me maîtriser», pensa-
t-il.

Il leva ses yeux verts dans la direction du panneau incliné planté dans le sol sablonneux du bas-
côté. Route 1, lut-il.

Le soleil était couché depuis quelques heures
déjà lorsqu'il quitta Key West. Maintenant, bien
qu'il fît noir, l'air demeurait chaud comme en plein
jour, lourd et humide comme dans un marécage.

— Il faut que je parte, dit-il à haute voix en se
grattant la nuque.

Jean avait une carrure puissante pour un garçon

de dix-sept ans. Ses épaules étaient bien musclées et son cou, large comme celui d'un joueur de football. Il avait des cheveux blonds courts coupés ras sur les côtés, un beau visage sérieux, rarement souriant, et des yeux vert olive qui semblaient toujours furieux.

Furieux.

Toujours furieux.

« Je t'en prie, ne me fais pas de mal, Jean. »

Il entendit sa voix effrayée encore une fois tandis que son regard scrutait la route étroite. Il prit le petit sac de toile contenant ses quelques affaires et commença à marcher vers le nord, ses chaussures de sport s'enfonçant dans le sable de l'accotement.

— Je dois fuir. Il le faut.

Fuir sa voix, ses cris.

Mais comment ?

Il chassa un moustique posé sur son front.

Deux lueurs blanches, rampant silencieusement sur la chaussée comme si elles l'épiaient, lui indiquèrent qu'une voiture approchait. Jean se retourna dans la direction des phares et leva le pouce de sa main libre.

Les lumières se firent de plus en plus brillantes, accompagnées d'un vrombissement qui envahit le silence de la nuit.

Il ferma les yeux lorsque la voiture passa près de lui sans ralentir.

Il attendit que les lumières s'effacent dans sa tête.

« Je t'en prie, ne me fais pas de mal, Jean. »

Il recommença à marcher, hâtant le pas, donnant

des coups de pied dans le sable humide tout en avançant.

«Peut-être que je quitterai la Floride pour ne jamais y revenir», se dit-il.

«Est-ce possible de faire ça? De partir de chez soi, tout simplement? De laisser tous les mauvais souvenirs derrière et de ne jamais revenir?»

Il n'avait connu que des ennuis à Key West. Il s'y était installé avec sa tante à l'âge de douze ans. Après l'accident. Après que ses parents eurent été tués dans un accident de la route.

Sa tante s'y plaisait vraiment. Elle aimait les vieilles maisons qui tombaient en ruine, les eaux bleues un peu agitées du golfe et les chats qui allaient où bon leur semblait. Elle aimait même voir tous ces touristes déambuler dans les rues étroites, à la recherche de la vieille demeure d'Hemingway, ou faire la file pour prendre un bateau afin d'aller admirer les récifs.

Jean, lui, avait détesté Key West dès le premier instant.

C'était peut-être parce que ses parents avaient dû mourir pour qu'il puisse y venir.

Ou parce que sa tante voulait tellement qu'il s'y plaise.

Ou, tout simplement, parce qu'il détestait cet endroit.

Il avait toujours des ennuis là-bas. Il était toujours en colère.

D'abord, il avait cru que c'était normal, à l'adolescence, d'être furieux. Mais tous les autres de son âge semblaient si décontractés, si insouciants, si… heureux.

Ils n'étaient préoccupés que par leur bronzage, leur planche à roulettes et leur équipement de plongée.

Tout cela rendait Jean furieux.

Il donna un coup de pied dans une motte de terre.

— Je ne retournerai jamais à Key West, marmonna-t-il en tapant sur un moustique.

Une autre voiture passa bruyamment à toute allure.

Jean garda le pouce en l'air. Une camionnette à bord de laquelle se trouvaient des adolescents ralentit, s'immobilisant presque. Il aperçut des visages souriants qui le regardaient par la vitre. L'un des passagers lui fit signe de la main. Jean se mit à courir vers le véhicule, mais le conducteur accéléra soudain en klaxonnant bruyamment.

Jean leva le poing, en colère.

« Bande d'idiots ! » pensa-t-il.

Il avait envie de les tuer. De les *tuer* !

« Jean, je t'en prie. Ne me fais pas de mal. »

Il secoua vigoureusement la tête comme s'il tentait de chasser la voix suppliante. De nouveau, il l'entendit pleurer et vit ses épaules se soulever.

« Je sais que je devrais me maîtriser, pensa-t-il. Mais parfois, c'en est trop. Tout ça s'accumule en moi, encore et encore, jusqu'au moment où j'explose. »

« Que puis-je faire ? »

Ce n'était pas la première fois qu'il la blessait.

Mais ce serait la dernière.

Il marcha sur la chaussée sans ralentir.

Puis, il pivota et leva le pouce en apercevant une lueur sur l'asphalte. Une autre voiture. Elle passa devant lui sans s'arrêter.

Il baissa le pouce, déçu, sentant la colère qui commençait à gronder au fond de lui.

Mais soudain, l'automobile s'immobilisa sur le bas-côté dans un crissement de pneus. Les feux arrière semblaient le fixer, comme deux yeux rouges.

Jean courut rapidement vers la voiture, une Buick noire.

Le conducteur baissa la vitre en appuyant sur un bouton. C'était un homme âgé, constata Jean, au crâne noueux et chauve. La lumière brillait dans ses épaisses lunettes rondes.

— Où vas-tu? demanda le vieil homme en souriant à Jean et en scrutant son visage derrière ses verres épais.

Jean haussa les épaules.

— Je ne sais pas vraiment, répondit-il. Vers le nord, en tout cas.

— Je ne vais pas plus loin que Fort Lauderdale, dit le vieillard en fixant le sac de toile que Jean tenait dans sa main.

— Ça ira, dit Jean.

Celui-ci passa rapidement devant la voiture, ouvrit la portière du côté du passager et s'assit sur le siège en cuir.

— Quel est ton nom? demanda le vieil homme en démarrant.

— Pierre, lui répondit Jean. Pierre Benoît.

Jean appuya la tête contre le dossier frais et observa le vieil homme qui tenait fermement le volant à
deux mains.

— Jolie voiture, fit remarquer Jean en caressant
le siège de la paume de sa main.

«C'est sûrement mon jour de chance», pensa-t-il.

Chapitre 2

— Christine… ralentis !

Meggie s'enfonça dans le siège du passager et appuya ses genoux sur le tableau de bord.

— Je t'en prie… ralentis !

Christine, les yeux brillants de malice, ne tint pas compte des supplications de son amie. Elle appuya plutôt sur l'accélérateur et la Honda Accord bondit vers l'avant en vrombissant.

— Christine ! supplia Meggie.

— J'en ai assez de rouler à dix kilomètres à l'heure ! s'exclama Christine.

Elle donna un coup de volant pour dépasser un camion-citerne et revint ensuite dans la voie de droite.

— Tout le monde roule à dix kilomètres à l'heure en Floride ! C'est exaspérant !

— Il ne faut pas qu'on se fasse arrêter, dit Meggie doucement. Tu le sais.

Christine passa une main dans ses cheveux blonds bouclés.

— Hé ! Nous sommes venues en Floride pour

l'attrait de l'aventure et pour nous amuser, n'est-ce pas?

— Tu t'es déjà beaucoup amusée, répondit Meg n'as pas cessé de faire la fête depuis notre arrivée.

Le visage de Christine s'éclaira d'un large sourire.

— Comment s'appelait donc ce garçon? demanda-t-elle.

— Lequel?

— Tu sais, celui qui était vraiment très mignon, répondit Christine.

— Ils étaient *tous* très mignons! rétorqua Meggie.

Les deux amies éclatèrent de rire.

— Quelle semaine! s'exclama Christine.

— J'ai même pu nager un peu, dit Meggie.

— Tu es très bonne nageuse, fit remarquer Christine. Je savais que tu nageais bien mais...

— Je n'arrive pas à croire que c'est déjà terminé et que nous devons rentrer, gémit Meggie.

Son expression devint brusquement sérieuse lorsqu'elle aperçut quelque chose dans le rétroviseur du côté du passager.

— Ralentis, Christine. *Tout de suite*. Est-ce une voiture de police?

L'expression de Christine changea également lorsqu'elle leva les yeux vers le rétroviseur. Elle appuya sur le frein et la voiture ralentit.

— Non, c'est une dépanneuse.

Elle poussa un soupir de soulagement.

— J'ai vu le gyrophare… commença Meggie. Si nous nous faisons arrêter…

— Ne t'inquiète donc pas, l'interrompit Christine. Je n'arrive pas à croire que j'ai une amie si peureuse.

— Il faut bien que quelqu'un s'inquiète, dit Meggie doucement.

Non seulement les deux amies, toutes deux âgées de dix-sept ans, ne se ressemblaient pas physiquement, mais elles avaient également des tempéraments très différents.

Christine était mince, presque maigre, et ses cheveux étaient blonds et frisés en tire-bouchons. Elle avait des yeux frappants, brun foncé et moqueurs, et un visage espiègle. Sa bouche semblait former naturellement un sourire taquin et Christine paraissait toujours se régaler intérieurement d'une bonne plaisanterie.

Meggie était aussi réfléchie que son amie était impulsive et malicieuse. Elle avait les yeux bleu ciel et le teint crémeux, qui semblait encore plus pâle par contraste avec ses cheveux noirs et droits qui tombaient sur ses épaules.

Contrairement à Christine, avec sa silhouette longiligne, Meggie était rondelette. Forte. C'était le qualificatif qu'employait sa mère.

— Combien de temps resterons-nous à Tampa? demanda Meggie.

Christine haussa les épaules. Elle portait un ample t-shirt jaune et un short de cycliste vert en tissu extensible.

— Je ne sais pas. J'aimerais seulement retrouver ce garçon que j'ai rencontré l'année dernière.

— Le joueur de football?

Christine fit un signe affirmatif, fixant la route devant elle.

— N'est-il pas un peu *âgé* pour toi? demanda Meggie en secouant la tête.

Christine rit.

— Tu t'inquiètes tellement, *maman*.

— Arrête…

— Il pense que j'ai vingt et un ans, répondit Christine en gloussant.

— Tu sais, nous avons déjà eu plus que notre part d'aventure durant nos vacances. Peut-être devrions-nous simplement rentrer à la maison.

— Il ne sera peut-être même pas là, dit Christine en guise de réponse. Il est peut-être déménagé. Je n'ai pas eu de ses nouvelles depuis des mois.

— Il fait terriblement chaud ici, gémit Meggie. Peux-tu faire fonctionner le climatiseur?

Christine jeta un coup d'oeil aux commandes sur le tableau de bord.

— Je ne sais pas comment. Fais-le, toi.

Meggie étudia les boutons devant elle. Elle en fit glisser un jusqu'au bout. Cela ne sembla faire aucune différence.

— Pourquoi font-ils ça si compliqué?

Christine alluma la radio. Un panneau de signalisation indiquant «route 84» passa rapidement devant leurs yeux. Le soleil ardent de l'après-midi tapait sur le pare-brise. Il avait plu le jour précédent.

Tous les arbres et les herbes hautes étincelaient encore dans la lumière brillante.

«C'est irréel», pensa Meggie.

«Tout durant ces vacances a été irréel.»

— Il y avait tellement de monde sur la plage, se plaignit Christine. Tu te souviens de Joé?

— Le riche qui portait un *bandana*?

— Non, celui-là, c'était Éric, répondit Christine en riant. Joé était plutôt petit...

— Plutôt petit? Il t'allait à la taille! s'exclama Meggie.

— Dans les petits pots, les meilleurs onguents! dit Christine d'un ton pince-sans-rire.

— Qu'est-ce que tu lui trouvais, à ce garçon? demanda Meggie d'un ton impatient.

— J'ai oublié.

Elles éclatèrent de rire.

Christine doubla une familiale chargée de bois de charpente qui dépassait par la vitre arrière.

— Nous devrions peut-être aller à Daytona la prochaine fois, suggéra Meggie en ouvrant la boîte à gants et en en explorant le contenu.

— Beurk! Pas question, s'exclama Christine. C'est le rendez-vous de tous les élèves du secondaire.

Elle eut une moue méprisante.

— Et il y a encore plus de monde qu'à Fort Lauderdale.

— Alors, que dis-tu de Palm Beach?

— C'est trop snob, répondit Christine. Qu'est-ce que tu cherches là-dedans? demanda-t-elle en quittant la route des yeux et en fixant Meggie qui fouillait dans la boîte à gants.

— Je jette seulement un coup d'oeil.

Meggie referma la boîte à gants. Elle regarda à l'extérieur.

— C'est plutôt marécageux ici.

— À quoi t'attendais-tu? demanda Christine. Cet État tout entier est un marécage. Mis à part la plage.

— J'adore la Floride, déclara Meggie.

Christine se retourna pour regarder son amie.

— Tu as même bronzé. Toi qui es toujours si pâle. Je ne pensais pas que tu *pouvais* bronzer.

Meggie s'apprêtait à répliquer, mais elle demeura bouche bée, horrifiée, en apercevant l'énorme camion rouge qui fonçait vers elles. Elle avait vu le mastodonte, mais constata que Christine, elle, ne l'avait pas vu.

— *Attention!* parvint-elle à crier.

Christine donna un coup de volant, mais trop tard.

Le bruit de la collision fut assourdissant.

Chapitre 3

— Christine, nous devrions nous arrêter.

Meggie se retourna, regardant le camion par la vitre arrière.

— Nous ne pouvons *pas* nous arrêter ! s'exclama Christine en appuyant sur l'accélérateur.

Docilement, la voiture avança en vrombissant.

— Mais le conducteur… il est peut-être blessé. Il a heurté le parapet de béton.

— Il n'a rien, commença Christine d'un ton calme. Elle regardait droit devant elle, l'air déterminé.

— C'est un chauffeur de camion, Meggie. Il demandera de l'aide par radio s'il en a besoin.

— Mais s'il était gravement blessé ? insista Meggie. Après tout, c'est à cause de nous qu'il a eu cet accident.

— Non, protesta doucement Christine. Meggie, tu sais que nous ne pouvons pas nous arrêter. Nous ne voulons pas d'ennuis, n'est-ce pas ?

— Je… je ne te comprends pas. Tu es si *calme* ! s'écria Meggie en se retournant vers l'avant et en rajustant sa ceinture de sécurité.

— Il va bien, déclara Christine en jetant un coup d'oeil dans le rétroviseur extérieur. Je le vois. Il est descendu du camion.

Christine ralentit jusqu'à cent kilomètres à l'heure.

— Et s'il avait retenu notre numéro d'immatriculation? demanda Meggie d'un ton inquiet.

Christine se mit à rire.

— Il avait autre chose à faire que de mémoriser notre numéro d'immatriculation.

— Ça me rend malade, dit Meggie en s'enfonçant dans son siège.

— Calme-toi, d'accord? Nous sommes saines et sauves. Ne gâchons pas nos vacances pour un chauffeur de camion qui ne circulait pas dans la bonne voie.

— Mais c'est *toi* qui n'étais pas dans la bonne voie! insista Meggie.

— Peu importe, marmonna Christine.

Elles roulèrent en silence durant quelques minutes. Meggie ferma les yeux et tenta de chasser de sa tête le bruit de la collision.

— Ce garçon, Mathieu, il te plaisait vraiment? demanda Christine au bout d'un moment.

Meggie ouvrit les yeux et jeta un coup d'oeil à l'indicateur de vitesse. Quatre-vingt-dix kilomètres à l'heure. Au moins, pensa-t-elle, l'accident avait incité Christine à ralentir.

— Ouais. Il était plutôt gentil, répondit-elle distraitement, quoique un peu trop empressé, si tu vois ce que je veux dire.

Christine ricana.

— Tu te souviens de cette soirée sur la plage, le

jour de notre arrivée? commença Meggie en regardant par la vitre. Eh bien! Mathieu m'a entraînée à l'écart et nous…

— Hé, regarde ce garçon qui fait du stop, l'interrompit Christine.

Elle ralentit.

— Oh non! déclara Meggie d'un ton ferme. Pas question. Pas question que nous fassions monter ce garçon. N'en avons-nous pas déjà assez fait?

— Assez n'est jamais assez, rétorqua Christine.

Ses yeux brillaient d'excitation.

— Ne t'arrête pas! Je suis sérieuse! insista Meggie.

— Mais regarde comme il est mignon, dit Christine en freinant brusquement.

— Mignon? Il a l'air d'un tueur!

— N'exagère pas, *maman*, répondit Christine en tirant la langue à son amie.

— Cesse de m'appeler maman. Je déteste vraiment ça.

— Alors cesse de te comporter comme elle, dit Christine sèchement.

Elle gara la voiture sur le bas-côté de la route.

Le garçon prit son sac de toile et courut jusqu'à la voiture du côté de Meggie. Il avait des cheveux blonds courts et des yeux verts saisissants. Il était costaud, musclé comme un athlète et très large d'épaules.

— Christine… ça ne me plaît pas, dit Meggie d'un ton mécontent.

Christine se mit à rire.

— Qu'est-ce qui pourrait bien nous arriver?

Chapitre 4

Jean lança son sac sur la banquette arrière de la voiture et monta.

— Vous ne savez donc pas, les filles, qu'il n'est pas prudent de faire monter des auto-stoppeurs? demanda-t-il en souriant pour qu'elles comprennent qu'il plaisantait.

Elles rirent nerveusement.

— Quel est ton nom? demanda la blonde à la chevelure abondante en se retournant pour l'observer.

— Jean, répondit-il. Jean Doyon.

«Zut, pensa-t-il. J'ai fait une gaffe. Habituellement, je donne un faux nom. Juste pour m'amuser. Pourquoi lui avoir dit mon vrai nom?»

La blonde se nomma, puis présenta son amie. Christine Jarry et Meggie Després. Jean répéta leurs noms encore et encore dans sa tête. Christine et Meggie. Christine et Meggie.

«Elles sont toutes les deux pas mal mignonnes», pensa-t-il en s'adossant à la banquette et en caressant le cuir de sa paume ouverte.

— C'est plutôt humide, dit-il en souriant.

«J'aimerais bien que Christine cesse de me fixer comme ça. Elle commence à me rendre nerveux.»

— Où est-ce que tu vas? lui demanda Christine.

Jean haussa les épaules.

— Ça n'a pas vraiment d'importance. Je m'en vais, c'est tout.

— Nous allons à Tampa, dit Meggie en jetant un regard nerveux dans la direction de Christine.

— Hé, j'ai un cousin qui habite Tampa, dit Jean. Il s'appelle Paul. Et je me rappelle maintenant qu'il me doit de l'argent.

— Parfait, dit Christine. Nous pouvons te déposer là-bas.

— Parfait, répéta Jean. Où irez-vous ensuite?

— Chez nous, répondit Meggie rapidement.

— Et c'est où, chez vous? demanda Jean.

— C'est… à Cleveland, répondit Meggie à contre-coeur en jetant un autre coup d'oeil furtif vers Christine.

— Vous vivez à Cleveland? s'exclama Jean. Je ne croyais pas que *quelqu'un* vivait là.

— On ne peut pas vraiment appeler ça *vivre*, plaisanta Christine.

Ils éclatèrent tous de rire.

Christine reprit la route. Meggie tripotait sa ceinture de sécurité.

«Pas mal», se dit Jean.

«Les deux me plaisent.»

«Je les accompagnerai peut-être jusqu'à Cleveland. Tu parles d'un changement! Cleveland est sûrement une ville très différente de Key West.

Aussi différente que la Terre peut l'être de la planète Mars!»

— Où habites-tu? demanda Christine.

— À Key West, répondit Jean.

Il se réprimanda intérieurement pour avoir dit la vérité encore une fois.

— Vous êtes en vacances?

Il préférait ne pas trop parler de lui. Il en avait déjà trop dit.

— Oui. C'est la semaine de relâche, expliqua Christine. Tu vas à l'école à Key West?

— Pas souvent, répondit-il en souriant.

Christine et Jean rirent.

— Vous êtes allées à Disneyworld? demanda-t-il.

— Non! répondit Christine. Nous aimons la plage. Nous sommes venues pour nous amuser, pas pour nous promener avec des oreilles de Mickey Mouse sur la tête.

Jean pouffa de rire.

— Où êtes-vous allées? À Miami?

— Non, à Fort Lauderdale, expliqua Christine en accélérant pour doubler une roulotte de camping tirée par une vieille Plymouth remplie d'enfants.

— Vous avez eu du plaisir? demanda Jean.

— Oui, beaucoup.

— Tu es la plus tranquille des deux? demanda Jean en se penchant en avant pour attirer l'attention de Meggie.

— Oui, c'est moi, répondit Meggie d'un ton pince-sans-rire.

— Tu ressembles à une fille que j'ai connue, dit-il.

— Vraiment? fit Meggie d'un air détaché.

— Ouais. Elle s'appelait Lily. C'était une excellente nageuse. Elle faisait aussi de la plongée sous-marine. Tu lui ressembles beaucoup.

— Je suis assez bonne nageuse également. Tu es en vacances? demanda Meggie avec gêne.

— Pas vraiment, dit Jean.

— Tu n'es pas en vacances et tu ne sais pas vraiment où tu vas? demanda Christine.

— Tu as bien résumé la situation, approuva Jean en souriant à Christine qui le regardait dans le rétroviseur.

— Et tu as fait du stop jusqu'ici depuis Key West? demanda Meggie.

— Et toi, tu aimes poser beaucoup de questions? demanda Jean.

Il vit le visage de Meggie devenir cramoisi.

«Hum… Doucement avec les sarcasmes, vieux, se dit-il. Ces filles vont t'emmener jusqu'à Cleveland. Il ne faut pas les rendre nerveuses.»

Il rit pour montrer à Meggie qu'il plaisantait.

— J'ai eu de la chance. La personne qui m'a fait monter à Key West m'a conduit jusqu'à Fort Lauderdale.

Ils roulèrent en silence durant un moment. Jean tambourina nerveusement des doigts sur la banquette, puis tripota la poignée de son sac de toile. Il n'aimait pas le silence.

Le silence lui donnait trop de temps pour penser.

Une fois de plus, il l'entendit le supplier de ne pas lui faire de mal.

«Elle me suit», pensa-t-il.

«Elle me suivra jusqu'à Cleveland.»

— Ne pouvez-vous pas faire fonctionner le climatiseur? demanda-t-il en se penchant vers l'avant. Il fait pas mal chaud à l'arrière.

— J'ai essayé, expliqua Meggie en touchant de nouveau les commandes, mais je ne sais pas comment.

Jean s'avança encore un peu plus et examina les boutons.

— Appuie sur celui-ci, dit-il à Meggie.

Meggie s'exécuta et de l'air frais commença à circuler dans la voiture.

— Tu es un génie! déclara Christine.

— C'est ce que tout le monde dit, fit Jean.

Il s'appuya au dossier de la banquette, se délectant de l'air frais sur son visage.

Ils roulèrent sans rien dire durant quelques minutes. Le soleil se trouvait juste au-dessus de la route droite. On aurait dit qu'ils allaient foncer droit dedans.

— Hé! vous avez faim? demanda Jean au bout de quelques instants pour rompre le silence.

Le douloureux silence.

— Il y a un restaurant là-bas.

Christine ralentit. Ils jetèrent un coup d'oeil vers le restaurant situé en bordure de la route derrière un étroit stationnement en gravier. Il ressemblait à un wagon de train avec son revêtement métallique et sa rangée de fenêtres sur toute la longueur du restaurant.

— Allons-y, dit Christine en effectuant un brusque virage pour tourner dans le stationnement.

Lorsque Jean descendit de la voiture et s'étira, il vit du coin de l'oeil que les deux filles l'observaient.

«Je leur plais à toutes les deux», pensa-t-il, secrètement flatté.

Ce serait sûrement une aventure intéressante.

— Tu t'entraînes? lui demanda Christine.

Le gravier craquait sous leurs pas tandis qu'ils se dirigeaient vers la porte vitrée du restaurant.

— Un peu, répondit Jean avec modestie.

Il la fixa, lui adressant son sourire le plus enjôleur. Il s'attendait à la voir détourner les yeux, mais elle soutint son regard.

C'était frais à l'intérieur du restaurant. Le ronronnement du climatiseur se mêlait à la musique country que diffusait le juke-box.

Un jeune homme en tablier blanc se tenait derrière le comptoir, remuant les lèvres tout en lisant le journal. Il avait les cheveux bruns hirsutes, le visage couvert de boutons et un diamant à l'oreille. Il leva les yeux durant une seconde lorsque Jean et les filles entrèrent, puis reprit aussitôt sa lecture.

Jean se dirigea vers une table au fond du restaurant. Il constata qu'ils étaient les seuls clients. Les deux filles se glissèrent sur la banquette en face de lui.

Ils étudièrent le menu. Jean ne cessait de jeter des coups d'oeil furtifs à Christine et à Meggie.

«Ces filles sont mignonnes comme tout», pensa-t-il.

«Pourvu que je n'aie pas d'ennuis.»

«Mais la malchance et les problèmes ne me lâchent pas d'une semelle.»

Il posa le menu sur la table et tourna la tête.

— Hé! Est-ce qu'on peut avoir du service? Tu n'es pas trop occupé, j'espère?

Le jeune homme n'eut aucune réaction. Il continua à lire son journal tout en remuant les lèvres.

Jean sentit la colère monter en lui.

Cela commençait toujours par une sensation de brûlure dans sa poitrine. Il sentait ensuite les muscles de son cou se raidir; puis, apparaissait un battement familier au niveau de ses tempes. Au bout d'un long moment, le serveur leva les yeux, plia lentement son journal, contourna le comptoir et avança sans se presser jusqu'à la table qu'occupaient Jean et les filles.

— Tu es vraiment dynamique, déclara Jean avec sarcasme. Tu devrais ralentir, tu sais.

Le jeune homme ne prêta aucune attention à Jean et fixa les deux filles.

— Vous êtes prêtes à commander? demanda-t-il.

— Il y a déjà longtemps que nous le sommes, dit Jean d'un ton furieux.

Le garçon, les yeux rivés sur Christine, ne tenait toujours pas compte de sa présence.

— Hé! tu n'es pas trop vilaine, dit-il avec un sourire en coin.

— Tu aimes tes dents? commença Jean.

Ses yeux verts se rétrécirent au point de n'être plus que deux fentes menaçantes.

— ... ou préfères-tu que je te les casse gratuitement ?

Les narines du jeune homme palpitèrent lorsqu'il se tourna vers Jean. Il posa un doigt sur l'épaule de Jean.

— Écoute, vieux...

Jean explosa.

Comme il l'avait déjà fait si souvent.

Il bondit sur ses pieds et, à deux mains, saisit l'adolescent hébété par le devant de son tablier.

— Hé ! *Ne fais pas ça !* entendit-il Meggie crier.

Trop tard.

Jean donna une forte poussée au jeune homme qui fut projeté par terre dans l'allée. Son dos heurta violemment le comptoir et il hurla de douleur.

— Jean, qu'est-ce que tu *fais* ? criait Meggie. Il ne t'a rien fait !

Mais Jean sentait le sang battre dans ses tempes. Une colère noire lui emplissait la poitrine.

— Hé, vieux...

Le garçon leva les deux mains pour se protéger, mais Jean le souleva et le poussa brutalement de nouveau. Cette fois, l'employé sembla rebondir sur le comptoir, criant de douleur avant de tomber à genoux sur le plancher crasseux.

— *Jean !* hurlait Meggie.

— Allez. On s'en va, dit Jean en lançant un regard courroucé dans la direction du jeune homme.

Celui-ci ne fit aucune tentative pour se relever.

— Mais *Jean* !

Elles le suivirent à l'extérieur du restaurant. Le soleil descendait à l'horizon derrière les cyprès.

Jean pouvait voir les deux amies échanger des regards éloquents.

Étaient-elles effrayées ou… impressionnées ?

Meggie semblait terrifiée, de toute évidence. Cependant, il n'arrivait pas à déchiffrer l'expression de Christine.

— Quel salaud ! marmonna Jean en donnant un coup de pied dans le gravier du stationnement. Vraiment, quel salaud !

— Mais, Jean… commença Meggie en regardant Christine.

Jean laissa soudain échapper un petit rire sot et aigu, comme un ballon qui se vide brusquement de son air.

La colère l'avait suivi jusqu'à l'extérieur du restaurant, mais elle s'atténuait peu à peu. Le battement dans ses tempes avait cessé. Les muscles de son cou commençaient à se détendre.

— Tu as tout un tempérament, fit remarquer Christine en le dévisageant avec insistance.

On aurait dit qu'elle le voyait pour la première fois.

« Si seulement tu savais, ma mignonne », pensa-t-il.

« Si seulement tu savais. »

Chapitre 5

— Je crois que nous avons commis une grave erreur, murmura Meggie. Je t'avais *prévenue* de ne pas le faire monter.

Elle regarda dans le rétroviseur et observa Jean, profondément endormi sur la banquette arrière. Les ombres dansaient sur son visage. Sa tête était appuyée contre la vitre et sa bouche, entrouverte.

— Il a l'air d'un petit garçon quand il dort, chuchota Christine en se retournant sur le siège du passager pour le regarder.

— Il a failli *tuer* ce garçon sans aucune raison.

— Chut ! fit Christine. Tu vas le réveiller.

— Et alors ? lâcha Meggie brusquement. Il dort depuis Sarasota. Il pourrait peut-être se réveiller et conduire pour un bout de temps. Mes yeux sont vraiment fatigués.

— N'exagère pas, murmura Christine. Il n'a pas failli tuer ce garçon au restaurant. Il l'a seulement poussé.

— Mais oui ! Tu as raison, dit Meggie d'un ton sarcastique en roulant les yeux.

Un panneau de signalisation annonçant la route 75 apparut à la lueur des phares. La route fit une courbe et une étendue sombre, plus sombre encore que la route et les arbres, se dessina, tel un immense trou noir qui s'étirait à l'infini.

— C'est de l'eau ? demanda Christine à voix basse.

— Oui. C'est le golfe, répondit Meggie. Nous approchons de Tampa, je crois. J'ai tellement hâte qu'il descende.

— Mais il est si séduisant, protesta Christine. C'est un gros toutou.

— Un gros toutou avec tout un caractère, chuchota Meggie. Il me fait peur, Christine.

— C'est peut-être ce qui me plaît chez lui, déclara Christine d'un ton songeur.

Elle se retourna encore une fois pour le regarder sur la banquette arrière.

Jean grogna dans son sommeil et changea de position.

— Il fuit quelque chose, souffla Meggie. Quelque chose de mauvais. J'en suis certaine.

— Je te l'ai dit, commença Christine en secouant la tête, tu regardes trop la télévision. La vie n'est pas un téléroman, Meggie.

— Alors pourquoi ne veut-il pas nous dire où il s'en va ? demanda Meggie. Et s'il va à l'école ou pas ? Il n'a rien voulu révéler à propos de lui.

— Il est seulement timide, répondit Christine.

Puis, elle pinça amicalement Meggie dans le côté.

— Allez, admets-le. Tu le trouves mignon, toi aussi.

— Pas du tout, répondit Meggie d'un ton convaincu. Et ne me pince pas quand je conduis.

— Oh! fit doucement Christine. Tu es bien susceptible, tout à coup.

— J'ai peur, c'est tout, expliqua Meggie avec animation. Tout s'est relativement bien passé jusqu'à maintenant. Nous n'avions pas besoin de lui pour compliquer les choses. Autant que je sache, c'est un fou furieux !

— Quelqu'un parle de folie ?

Christine et Meggie poussèrent un cri de surprise en entendant la voix provenant de l'arrière.

Jean rit.

— Qu'est-ce qui se passe ? Où sommes-nous ?

Il se redressa et se frotta les yeux.

— On est à Cleveland ?

— Ah ah ! fit Christine d'un ton sarcastique. Tu as dormi longtemps, mais pas tant que ça. Nous sommes à environ cent trente kilomètres de Tampa.

— Super ! dit Jean en se grattant la tête. J'espère que vous parliez de moi pendant que je dormais.

— À vrai dire, oui, admit Christine.

Meggie lui lança un regard furieux.

— Avez-vous conclu que j'étais un méchant garçon ? demanda Jean à la blague.

— Le plus méchant d'entre tous, répondit rapidement Christine en se retournant sur le siège du passager pour lui sourire. Tu veux bien conduire pour un moment ? Meggie commence à avoir sommeil.

31

— Oui, bien sûr.

Jean eut l'air surpris.

— Est-ce que tu as ton permis ? demanda Meggie d'un ton soupçonneux.

— J'ai un permis de pêche, plaisanta-t-il.

— Ça ira, dit Christine. Moi, je n'ai qu'un permis temporaire qui n'est pas valide en Floride. Mais c'est moi qui ai conduit presque tout le temps.

Elle jeta un regard significatif dans la direction de Meggie.

— Tu es une vraie criminelle, dit Jean en ricanant. Je suis impressionné.

De nouveau, Christine et Meggie échangèrent un regard furtif.

Meggie immobilisa la voiture sur le bas-coté. Elle ouvrit la portière et descendit. Une vague d'air chaud et humide pénétra dans la voiture.

Jean se mit au volant, souriant à Christine, ses yeux verts

brillant à la lueur de la lumière jaunâtre du plafond, tandis que Meggie s'installait à l'arrière. Il toucha le dessous de la banquette, repéra le levier après un court instant et recula le siège pour donner plus d'espace à ses jambes. Quelques secondes plus tard, ils étaient repartis, roulant dans la nuit d'encre sur la route presque déserte.

Christine l'observa tandis qu'il conduisait. Elle aimait son expression sérieuse, la façon dont il se mordillait la lèvre inférieure en plissant les yeux et ses cheveux blonds qui semblaient étinceler à la lueur des phares des autres voitures.

«Il est vraiment beau, pensa-t-elle. Malgré son air dur.»

«Malgré son air dangereux.»

— C'est si silencieux, dit Jean.

Mal à l'aise, il se mit à tambouriner des doigts sur le volant.

— Allumons la radio.

Mais avant qu'il n'ait pu toucher le bouton, ils entendirent la sirène.

Bruyante. Tout près d'eux.

Hurlant comme un animal juste derrière eux.

Puis, les lumières rouges clignotantes se reflétèrent dans le rétroviseur, emplissant la voiture d'une redoutable lueur rose à intervalles réguliers.

— La police! s'écria Jean. Mais je ne dépasse pas la limite de vitesse!

— Je le *savais*! cria Meggie d'un ton perçant sur la banquette arrière. Nous n'aurions jamais dû le laisser monter! Je le *savais*!

Christine jeta un coup d'oeil accusateur vers Jean.

— Ne tente pas de fuir! Range-toi sur l'accotement! cria-t-elle pour couvrir le hurlement de la sirène.

Chapitre 6

— Je le savais! répéta Meggie en se retournant pour regarder les lumières rouges clignotantes par la vitre arrière.

— Ferme-la! Ferme-la! cria Christine en se mettant les mains sur les oreilles.

La voiture se rangea sur le bas-côté, faisant voler le gravier au passage, puis avança en bondissant dans l'herbe.

«Ça ne se peut pas», pensa Christine en fermant les yeux, s'efforçant de chasser le hurlement de la sirène de sa tête.

Mais la sirène se rapprocha.

Puis, soudain, les lumières rouges s'éteignirent. De nouveau, la voiture fut plongée dans le noir.

La sirène s'évanouit également.

Stupéfaits, ils regardèrent la voiture de police passer à toute allure.

Puis, elle disparut dans un virage.

Quelques secondes auparavant, les feux arrière étaient là, tels de petits yeux rouges dans l'obscurité. Puis, plus rien.

Le silence. Le silence absolu.

— Il rentre probablement chez lui pour souper, dit Jean en riant bruyamment et en secouant la tête.

Les filles ne rirent pas.

Finalement, Christine se ressaisit.

— Je crois que nous avons un peu paniqué, dit-elle d'un ton pince-sans-rire.

Elle se tourna vers Meggie.

— Ça va?

Meggie fit un signe affirmatif.

— Oui, ça va, répondit-elle avec un peu d'amertume. J'ai cru…

Jean se retourna pour regarder Meggie.

— J'ai entendu ce que tu as dit, déclara-t-il doucement.

Il ne souriait plus.

— Je… je n'ai pas voulu dire… commença Meggie.

Puis, elle jeta un regard de détresse dans la direction de Christine.

— Tu crois que la police me recherche? lui demanda Jean.

Il semblait blessé et la regardait intensément.

— Tu me prends pour un dangereux criminel?

— Non, s'empressa de répondre Meggie. J'étais seulement effrayée.

Elle se tourna vers Christine.

— Au restaurant, tu semblais si… hors de toi.

— Tu croyais donc que c'était moi que les policiers poursuivaient? demanda-t-il avec insistance.

— Oui. Non. Je ne sais *pas* ce que je croyais.

J'avais peur, tout simplement, avoua Meggie. Je suis désolée, ajouta-t-elle. Je m'excuse, d'accord?

— D'accord.

Jean tendit la main et Meggie la serra.

Elle constata avec étonnement que la main de Jean était glacée.

Jean avait-il eu plus peur d'être arrêté par la police qu'il ne voulait bien l'admettre?

— J'ai cru que tu roulais trop vite, dit Christine.

Elle posa une main sur l'épaule musclée de Jean, puis la retira vivement.

— Tu dépassais la limite?

— Non, répondit Jean en se mettant au volant et en jetant un coup d'oeil dans le rétroviseur. Je roulais à peine à quatre-vingts kilomètres à l'heure.

Il démarra.

— En route pour Tampa! annonça gaiement Christine. Et si une autre voiture de police nous poursuit, nous ferons la course avec!

Jean appuya sur l'accélérateur. Christine regarda l'aiguille de l'indicateur de vitesse s'élever. Elle se stabilisa à cent.

— Quelle est la vitesse maximum que tu as atteint en conduisant?

demanda Christine.

Elle se rapprocha de lui, étudiant encore une fois son visage.

— Je n'ai pas souvent eu l'occasion de conduire, répondit-il sérieusement. Ma tante n'a pas les moyens d'avoir une voiture.

Christine fit claquer sa langue. Elle posa sa main

sur son épaule encore une fois, guettant sa réaction. Cela ne semblait pas l'ennuyer, alors elle laissa sa main durant un moment.

— Pauvre garçon! dit-elle avec une sympathie feinte.

— J'espère que tu ne te moques pas de moi, dit-il d'un ton espiègle en quittant la route des yeux juste assez longtemps pour la regarder.

— Qui? Moi?

Christine se tourna vers l'arrière. Meggie était assise bien droite, mais sa tête était penchée vers l'avant. Sa respiration lente et profonde indiquait qu'elle s'était endormie.

Christine laissa ses cheveux effleurer l'épaule de Jean. Il fit mine de ne pas le remarquer.

Elle se sentait attirée par lui. Il était si différent des garçons avec lesquels elle avait fait la fête sur la plage durant toute la semaine. Il était si sérieux… si fort… si mystérieux.

Faire la fête, faire du surf et draguer les filles: c'était là les seules préoccupations des autres garçons.

Mais Jean, lui, aimait…

Elle ne savait *pas* ce que Jean aimait.

Elle ne savait rien de lui. Rien.

Elle bâilla et ferma les yeux.

— Jean, es-tu un mystère? lâcha-t-elle.

— Je suis un mystère qui ne demande qu'à être résolu, répondit-il.

Elle ouvrit les yeux et vit qu'il lui souriait.

Sa main droite lâcha le volant. Christine crut qu'il allait lui prendre la main, mais il alluma plutôt la radio.

La voix d'un prédicateur retentit dans la voiture. Jean baissa le volume.

Christine tourna la tête pour voir si cela avait réveillé Meggie. Celle-ci dormait toujours, son menton touchant sa poitrine.

Jean appuya sur les boutons et dénicha une station de musique populaire. La voix de James Taylor envahit la voiture.

De nouveau, les cheveux de Christine frôlèrent l'épaule de Jean.

La route descendait, puis continuait droit vers le nord le long de la côte. On ne voyait plus le sombre et profond golfe du Mexique. Mais il était là, juste derrière les arbres silencieux.

— Et maintenant, voici notre bulletin de nouvelles, commença une voix masculine avec un subtil accent du sud. Plus tôt aujourd'hui, un homme âgé résidant à Fort Lauderdale a été retrouvé sans connaissance le long de la route 95, juste au sud de la ville. Son identité ne peut être dévoilée pour l'instant.

L'annonceur poursuivit.

— La police rapporte que l'homme a été battu à l'aide d'un objet contondant et traîné hors de la voiture. Le véhicule a été volé. La police de Fort Lauderdale soupçonne un auto-stoppeur d'être responsable de…

Jean éteignit la radio.

Il se tourna vers Christine, l'air troublé.

— Je déteste les nouvelles. Pas toi? demanda-t-il d'une voix très douce.

Chapitre 7

— Je crois que c'est là que mon cousin habite, annonça Jean en désignant une maison. Non, peut-être pas.

— Comment peux-tu les distinguer les unes des autres? demanda Christine en bâillant. Ces maisons sont toutes pareilles.

Meggie ralentit. Ils roulaient dans un quartier de maisons en stuc blanc de style espagnol bâties tout près les unes des autres sur de petits carrés de gazon.

— Je crois que Paul habite le numéro 42, dit Jean en plissant les yeux pour déchiffrer les numéros sur les boîtes aux lettres. Je suis venu l'an dernier.

— Nous avons déjà fait le tour de ce pâté de maisons deux fois, dit Meggie avec impatience.

— Refaisons-le encore, dit Jean. Je suis presque certain de savoir de laquelle il s'agit.

Meggie poussa un soupir de lassitude.

Cela semblait faire une éternité qu'ils roulaient. Ils étaient maintenant irritables, plissant les yeux à la lumière du soleil et bâillant, impatients de trouver leur destination.

«Elles croient que je vais rester chez mon cousin», pensa Jean.

«Elles auront toute une surprise.»

Il avait pris sa décision. Il se rendrait jusqu'à Cleveland avec elles.

Plus il irait loin, mieux ce serait, avait-il décidé.

Cleveland n'était peut-être même pas assez loin.

Il savait que Christine serait ravie. Il était certain qu'il lui plaisait. Elle le regardait si intensément, l'observant, laissant ses cheveux l'effleurer, comme si de rien n'était, le touchant sans cesse et posant sa main sur son bras lorsqu'elle lui parlait.

«Elle est sous le charme, de toute évidence», se dit Jean, satisfait.

«Ce long trajet en voiture nous donnera l'occasion de mieux nous connaître. Christine ne sera pas fâchée du tout de ma décision de les accompagner.»

Cependant, il n'était pas aussi certain de la réaction de Meggie.

Celle-ci le traitait avec froideur, avec méfiance. Il avait surpris les regards mécontents qu'elle lançait sans cesse dans la direction de Christine.

Et il se rappelait les paroles de Meggie: «Nous n'aurions jamais dû le laisser monter.»

Non, ses rapports avec Meggie n'étaient pas très amicaux.

Elle semblait si nerveuse. Plus que nerveuse... effrayée.

Jean ricana intérieurement. «Elle a peur du gros méchant Jean.»

«Eh bien! tant mieux! Peut-être aura-t-elle trop

peur pour protester quand j'annoncerai que je rentre à Cleveland avec elles.»

— Voilà le numéro 42. Tourne dans l'allée, ordonna-t-il à Meggie.

La maison en stuc blanc à deux étages ressemblait à toutes les autres du voisinage. Au centre de la petite cour, un arroseur irriguait la pelouse. Un tricycle qui se trouvait sur le gazon près de l'allée recevait une bonne douche.

— Ton cousin a des enfants? demanda Christine en passant une main dans ses cheveux pour les faire gonfler.

— Oui, un petit garçon, répondit Jean. Il s'appelle Elliot.

— Il faut que je trouve quelque chose à manger, grommela Meggie.

Elle éteignit le moteur et ouvrit la portière.

— Au moins, tu as dormi un peu la nuit dernière, fit remarquer Christine. Moi, je n'ai pas fermé l'oeil.

— Moi non plus, renchérit Jean en ouvrant la portière et en se protégeant les yeux du soleil. Je suis certain que Paul nous laissera passer la nuit ici.

— Comment s'appelle sa femme? demanda Meggie en s'étirant et en tentant de défroisser son t-shirt.

— Paula, répondit Jean.

— Paul et Paula? fit Christine.

Jean rit.

— Oui!

— C'est mignon, ajouta Christine en faisant la grimace.

— Il fait si chaud, gémit Meggie. Pourquoi ne plante-t-on pas d'arbres par ici ? C'est comme le désert !

— C'est un nouveau quartier, expliqua Jean. Tu veux te rafraîchir ? demanda-t-il impulsivement.

Meggie lui jeta un regard soupçonneux.

— Oui, pourquoi ?

— Aucun problème, répondit-il en souriant.

Il lui saisit les épaules par derrière et la poussa vers l'arroseur.

— Hé ! lâche-moi ! cria Meggie d'un ton furieux.

Elle tenta de se dégager, mais Jean était beaucoup plus fort qu'elle.

— Lâche-moi, Jean !

Mais celui-ci la poussa jusqu'à ce qu'ils fussent tous les deux sous le jet.

Meggie hurla lorsqu'elle se fit asperger d'eau froide.

Jean la libéra en riant. Puis, il tourna son visage vers le jet d'eau.

Glissant sur l'herbe mouillée, Meggie revint dans l'allée. Elle se retourna et brandit le poing dans la direction de Jean.

— Salaud !

— Ça ne t'a pas rafraîchie ? demanda-t-il en souriant et en laissant l'eau imbiber son t-shirt.

— Qu'est-ce qui se passe ici ? demanda une voix masculine.

Jean regarda vers le perron.

— Hé! Paul!

Le jeune homme laissa la porte grillagée claquer derrière lui.

— Jean? C'est toi?

— Viens te joindre à nous! On fait la fête! annonça Jean.

— Ce bon vieux Jean! dit Paul en secouant la tête.

Puis, il remarqua Christine et Meggie qui se tenaient dans l'allée.

— Salut! Vous êtes avec lui?

Elles acquiescèrent d'un signe de tête. Meggie s'efforçait d'assécher ses cheveux.

Complètement trempé, Jean se précipita vers Paul et lui serra la main.

— Tu as l'air en forme, Paul!

— Merci, mon vieux. Toi, tu as une mine terrible!

Ils éclatèrent de rire tous les deux.

Paul était grand et maigre. Il portait un t-shirt bleu sans manches et un short blanc. Il approchait la trentaine, mais ses cheveux étaient déjà clairsemés, mettant en évidence son large front. Il avait les yeux bleus et son t-shirt moulant révélait un petit ventre.

Jean lui présenta Christine et Meggie.

Paul les salua d'un signe de tête, puis se tourna vers Jean; un large sourire éclairait son visage.

— Pas mal, vieux. Peut-être que je vais me joindre à vous!

Paul tapa dans la main de Jean. Les filles eurent un petit rire gêné.

— Pourrait-on se mettre à l'abri du soleil ? demanda Christine. Il fait plutôt chaud ici.

— Oui, bien sûr, répondit Paul. Entrez.

Il désigna la porte, puis se tourna vers Jean.

— C'est Paula qui sera surprise.

Ils se dirigèrent tous les quatre vers la maison. Paul s'arrêta et posa sa main sur l'épaule mouillée de Jean. Son expression devint sérieuse.

— Tu ne t'es pas attiré d'ennuis, mon vieux ?

— Bien sûr que non, répondit Jean avec gêne.

Il jeta un regard aux filles, qui les fixaient, Paul et lui.

— Je suis sérieux, insista Paul sans retirer sa main sur l'épaule de Jean. Tu n'as pas d'ennuis ?

— Non. Je t'ai dit que *non*, répondit Jean sèchement.

Il repoussa la main de Paul.

— Qu'est-ce que tu veux que je te dise ?

Il vit les filles échanger des regards entendus.

— Je veux t'entendre dire que tout va bien, dit Paul.

Celui-ci avançait à grandes enjambées afin de pouvoir suivre Jean, qui marchait rapidement vers la porte.

— Tu n'es pas mon père, dit Jean d'un ton brusque.

Il n'avait pas voulu paraître si furieux. Pourquoi était-il déjà en colère contre Paul ? Il savait que son cousin lui avait posé cette question tout bonnement.

« Il m'embarrasse devant elles », se dit Jean en se retournant pour regarder les filles.

«Il le fait exprès.»

«Voilà pourquoi je suis en colère.»

«Calme-toi, se dit-il intérieurement. Paul est un chic type. Le problème, c'est qu'il ne sait pas quand il devrait se taire.»

Paul tint la porte ouverte et Jean et les filles entrèrent dans la maison. Il n'y faisait pas beaucoup moins chaud. Un ventilateur posé sur une table près d'un canapé souffla de l'air chaud dans leur direction lorsqu'ils pénétrèrent dans le petit salon.

— Hé! Paula! Paula! cria Paul. Viens voir qui est là! Nous avons des visiteurs!

Paula surgit de la cuisine en s'essuyant les mains avec un torchon à vaisselle. Elle resta bouche bée en apercevant Jean.

«Elle est toujours aussi timide», pensa Jean. Paula était petite et mince; ses cheveux bruns crépus étaient relevés en un chignon sur sa tête. Son délicat visage paraissait encore plus petit derrière ses grosses lunettes en plastique rose.

— Jean! Tu es trempé! s'exclama-t-elle.

Jean sourit.

— Oui. Meggie et moi... euh... sommes allés nager.

Paula lui lança son torchon d'un geste amical.

Elliot entra dans la pièce en trottinant. Il devait avoir environ quatre ans. C'était un petit garçon potelé, blond et au visage rond.

— Qui c'est? demanda-t-il à sa mère en pointant un pistolet à eau vers les nouveaux venus.

— Vous voyez comme il est bien élevé ! plaisanta Paula.

Elle désigna Jean.

— Elliot, tu ne te souviens donc pas de Jean ? Il est venu l'année dernière.

— Non, répondit Elliot en maintenant son pistolet braqué sur Jean.

— Mais oui, tu te souviens de lui, Elliot, dit Paul en souriant à Jean.

— Non, je ne m'en souviens pas, répéta Elliot avec insistance.

Il dévisagea Jean.

— Tu es passé sous le jet de l'arroseur ?

— Oui, répondit Jean.

— Papa ne veut pas, annonça Elliot.

Jean se mit à rire.

— Désolé. Je crois que je vais avoir des ennuis.

— Comme d'habitude, quoi ! fit remarquer Paula.

Jean voulut protester, mais Paul l'en empêcha.

— Paula, préparons un petit goûter pour nos amis. D'après leur mine, ils ont fait un long trajet.

La journée passa agréablement. Jean ne regrettait pas d'avoir décidé de s'arrêter chez Paul. «Tout le monde est très détendu», pensa-t-il. À plusieurs reprises, il leva les yeux et vit Christine lui adresser un sourire chaleureux.

Ils soupèrent tôt. Puis, Paul insista pour qu'ils passent la nuit chez eux. Ils seraient un peu à l'étroit, mais ça irait. Christine et Meggie dormiraient sur des lits de camp dans la chambre d'ami, tandis que Jean coucherait sur le canapé du salon.

Après le souper, Jean et Paul bavardèrent dans la salle à manger. La télévision beuglait dans le salon. Elliot regardait des dessins animés et invitait tout le monde à se joindre à lui.

Jean commença à se sentir tendu à l'idée de demander à Paul de lui rembourser l'argent qu'il lui devait. Les muscles de sa nuque étaient raides et il avait la gorge sèche.

La journée s'était tellement bien déroulée, sans aucune tension. Jean était malheureux de devoir tout gâcher.

Mais s'il se rendait à Cleveland, il allait avoir besoin de son argent.

— Hé! Paul! commença-t-il en s'efforçant d'adopter un ton naturel.

Il passa une main dans ses cheveux blonds courts.

— Je sais ce que tu vas me demander, l'interrompit Paul en se penchant au-dessus de la table toujours encombrée d'assiettes sales et en jouant avec son alliance.

— Ah oui? dit Jean. Quoi?

— Tu vas me demander de bien vouloir te débarrasser d'une de ces filles.

Ils éclatèrent de rire.

— Pas question, dit Jean.

Il jeta un coup d'oeil dans le salon. Christine et Meggie étaient assises sur le canapé et regardaient les dessins animés avec Elliot.

Jean s'éclaircit la voix.

— C'est à propos de l'argent que tu me dois.

— Aucun problème, dit Paul.

Il se leva d'un bond.

— Viens ici. Je vais te rembourser tout de suite. Cinquante dollars, c'est bien ça ?

Surpris et soulagé, Jean suivit Paul dans le salon, puis dans le vestibule jusqu'à une petite tablette où se trouvaient ses clés de voiture, de la monnaie et son portefeuille.

— Hé ! ce portefeuille est plein à craquer ! s'exclama Jean.

Le sourire aux lèvres, Paul ouvrit son portefeuille et en sortit une épaisse liasse de billets.

— Chut !

Il posa un doigt sur ses lèvres.

— Comment as-tu obtenu tout cet argent ? murmura Jean.

Il fixait Paul qui saisit un billet de cinquante dollars et le lui tendit.

— J'ai rendu un petit service à mon patron, répondit Paul en souriant.

— Quel genre de service ? demanda Jean.

De nouveau, Paul posa un doigt sur ses lèvres. Il ne répondit pas.

— Un petit service, c'est tout. Ça m'a valu un boni. Tu as déjà vu mille dollars en billets de cinquante ?

Il tint la liasse de billets devant le nez de Jean.

— Vas-y. Respire cette odeur. Ce n'est pas un rêve. Mille dollars.

— C'est super, Paul! chuchota Jean.

Il enfouit le billet de cinquante dans la poche de ses jeans.

— C'est un bon coup.

— Tu peux le dire, ajouta Paul calmement.

Il remit l'argent dans le portefeuille et le lança sur la tablette.

Jean le suivit dans le salon.

Les dessins animés avaient cédé l'antenne à un bulletin de nouvelles.

— Je veux encore des dessins animés, dit Elliot. Mets une cassette, papa.

— Roger Eckridge, l'homme de Fort Lauderdale retrouvé inanimé sur la route 95 hier soir, repose toujours dans le coma au centre hospitalier de Fort Lauderdale, commença le journaliste d'une voix sombre.

— Papa, mets une cassette! répéta Elliot d'un ton impatient.

Jean remarqua que Christine et Meggie fixaient l'écran.

— La police croit qu'un auto-stoppeur aurait battu monsieur Eckridge avant de lui voler sa voiture. L'épouse de la victime a raconté à la police que son mari, âgé de soixante-huit ans, voyage beaucoup pour affaires et qu'il fait souvent monter des auto-stoppeurs pour avoir de la compagnie. Les recherches se poursuivent dans tout l'État de la Floride pour retrouver le coupable.

— Une cassette, papa! Une cassette! insista Elliot. Je veux des dessins animés!

— D'accord, d'accord ! cria Paul.

Jean vit que Christine et Meggie parlaient à voix basse. Puis, elles se retournèrent pour le regarder, troublées.

— Si on allait faire une petite promenade ? proposa Jean. Question de prendre l'air.

Il se dirigea vers la porte.

— Quelqu'un veut se joindre à moi ?

Le dévisageant toujours, les filles ne répondirent pas. Alors, il sortit seul.

Chapitre 8

Plus tard, Jean tentait de se mettre à l'aise sur le canapé du salon malgré le manque d'espace et les fermetures à glissière des coussins qui s'enfonçaient dans son dos.

Il s'assit, repoussa la couverture de coton que Paula lui avait donnée et laissa son regard errer dans la pièce obscure. Il faisait si chaud.

De nouveau, il se sentit suffoquer, comme cela lui était arrivé après le souper. Il avait dû sortir pour respirer de l'air frais.

Il prit une profonde inspiration, puis une autre.

« Ne me fais pas de mal, Jean. Je t'en prie, ne me fais pas de mal. »

« Tais-toi, tais-toi, TAIS-TOI ! », pensa-t-il.

« Ne me fais pas de mal. »

Il s'épongea le front avec le coin de la couverture et s'aperçut qu'il était en sueur.

Soudain, il entendit un craquement dans l'escalier.

Et des pas.

Il repoussa la couverture et bondit sur ses pieds.

Il inspira profondément.

Quelqu'un descendait l'escalier. Et cette personne ne voulait pas qu'on l'entende.

Des ombres bougèrent près de l'escalier. Quelqu'un pénétra dans le salon.

— Jean ? murmura une voix. Tu dors ?

— Christine !

Il fit un pas vers elle.

— Salut !

Il la voyait maintenant clairement grâce à la lumière qui entrait par la fenêtre du salon. Elle portait un long t-shirt blanc qui couvrait presque son short. Ses cheveux emmêlés entouraient son visage.

— Je n'arrivais pas à dormir, chuchota-t-elle.

Ils s'assirent sur le canapé. « Son parfum est légèrement citronné», remarqua Jean. Il aimait bien cette odeur.

Christine se pencha vers lui et sourit.

— Je suis probablement trop fatiguée.

— C'est peut-être la chaleur, murmura-t-il.

— Parfois, j'ai peur quand je me trouve dans un nouvel endroit, lui confia-t-elle avec une voix de petite fille.

Jean n'était pas certain de la croire. Elle ne semblait pas du genre à avoir peur de quoi que ce soit. Il passa son bras autour de ses épaules. Elle ne lui résista pas.

Elle leva son visage vers le sien, puis posa ses lèvres sur sa bouche.

Ses lèvres étaient chaudes et sèches. Il l'attira plus près de lui.

Son souffle était chaud contre sa figure.

Leur baiser dura un long moment.

— Tu es dangereux, murmura-t-elle lorsqu'ils se séparèrent enfin. Tu es vraiment dangereux, n'est-ce pas, Jean ?

* * *

— Je vais vous accompagner jusqu'à Cleveland, si ça ne vous ennuie pas, annonça Jean.

Ils étaient assis à la table de la salle à manger. Paula avait insisté pour qu'ils mangent des crêpes avant leur départ.

Christine eut un sourire de satisfaction en entendant cette nouvelle. En fait, elle était déjà au courant, Jean lui ayant fait part de sa décision la veille.

La veille.

Jean ferma les yeux.

Il pouvait encore sentir son visage chaud contre le sien, ses lèvres chaudes et gourmandes sur les siennes.

Quant à Meggie, elle regarda Christine d'un air furieux durant un court instant, puis baissa les yeux sur son assiette où se trouvait encore une grosse pile de crêpes nageant dans le sirop.

— Tu vas payer ta part d'essence ? demanda-t-elle à Jean d'un ton froid sans le regarder.

— Oui, bien sûr, répondit-il. Pas de problème.

— Je crois que tu devrais rester ici, à Tampa, dit Paul à Jean en s'essuyant le menton avec sa serviette de table.

— Pourquoi? demanda Jean en se versant un verre de jus d'orange.

— Pourquoi pas? répliqua Paul. Qu'est-ce que tu iras donc faire à Cleveland?

Jean haussa les épaules.

— Nous allons construire un nouvel hôtel près de la plage, dit Paul. Je pourrais te décrocher un emploi facilement.

— Un emploi dans la construction? demanda Jean.

— Oui, répondit Paul. Ça ne t'intéresse donc pas?

— Merci quand même, dit Jean en se levant.

Christine et Meggie l'imitèrent.

— Nous devons partir, annonça Jean.

Il donna un coup de poing amical sur l'épaule de son cousin.

— Tu as été formidable, Paul.

— Pense à ce que je t'ai dit, insista Paul. Tu pourrais faire beaucoup d'argent, mon vieux.

Jean déclina l'offre d'un geste de la main.

Ils s'arrêtèrent dans la cuisine pour saluer Paula. Puis, leur sac à la main, Christine et Meggie se dirigèrent vers la voiture.

— Tu te souviendras de moi la prochaine fois? demanda Jean à Elliot.

Celui-ci réfléchit.

— Peut-être, répondit-il d'un ton sérieux. Tu m'apporteras un cadeau lorsque tu reviendras?

— Oui, d'accord, dit Jean. Alors, tu te souviendras de moi?

— Peut-être.

Jean salua Paul et Paula une dernière fois et sortit.

Il s'immobilisa sur le perron. Il s'aperçut que Christine et Meggie se disputaient derrière la voiture. Meggie agitait les bras furieusement. Christine était appuyée sur le coffre de la voiture et secouait la tête.

«Ils se disputent à propos de moi», pensa Jean.

«Tant pis, Meggie, se dit-il en les observant. Je vous accompagne.»

«Christine est d'accord, alors tu perds.»

Il sentait la colère monter en lui.

Qu'est-ce que Meggie lui reprochait donc? Il ne lui avait rien fait. Pourquoi ne l'aimait-elle pas?

Il descendit et marcha vers la voiture d'un pas rapide. Les filles cessèrent de discuter dès qu'elles remarquèrent sa présence. Christine ouvrit le coffre et ils jetèrent leurs sacs à l'intérieur.

— Qui conduit? demanda Meggie d'une voix qui trahissait sa colère.

— Je peux conduire. J'en ai envie, dit Jean.

Elles ne protestèrent pas. Jean vit Meggie jeter un regard furieux vers Christine en s'installant sur la banquette arrière.

«Meggie est peut-être jalouse», pensa-t-il.

Souriant à cette idée, il se mit au volant.

Il avait démarré et s'apprêtait à reculer dans l'allée lorsqu'il entendit Paul crier dans la maison.

— Arrêtez! Ne partez pas!

Jean vit Paul sauter en bas du perron et se précipiter vers eux. Il baissa la vitre.

— Hé ! Qu'est-ce qui se passe ?

— Mon portefeuille ! s'écria Paul d'un ton mécontent. Mon portefeuille n'est plus là !

Chapitre 9

Paul ouvrit brusquement la portière, les yeux exorbités et le visage rouge.

— Mon portefeuille, répéta-t-il. Allez, vieux, où est-il?

— Hé! une minute, protesta Jean en se tournant et en posant ses pieds sur le sol.

— Où est-il? demanda Paul. Il y en avait pour mille dollars, mon vieux. Ça n'a rien à voir avec tes petits vols à l'étalage.

— Hé!

Jean bondit hors de la voiture.

— Il y a longtemps de ça. Pourquoi reparles-tu de cette histoire?

— Pas de discussion, dit Paul sèchement.

Il tendit une main. Puis, il parla lentement, d'un ton menaçant, en baissant la voix.

— Rends-moi mon portefeuille.

Jean tenta de reculer, mais Paul le maintint contre la voiture.

— Je n'ai pas ton portefeuille, dit Jean.

Une vague de colère le submergea. Il pouvait

57

sentir chaque muscle de son corps se contracter.

Christine et Meggie n'avaient pas bougé. Elles étaient assises dans la voiture, figées, et observaient la scène, effrayées.

— Donne-moi mon portefeuille, répéta Paul en plissant les yeux. Il se trouvait sur la tablette, Jean. Juste à côté de la porte. Tu ne partiras pas d'ici avant de m'avoir rendu mon portefeuille.

— Tu perds toujours tout, Paul, dit Jean en serrant les poings. Tu l'as probablement apporté dans ta chambre lorsque tu es monté te coucher hier soir.

— Mon portefeuille, insista Paul en ne tenant pas compte des paroles de Jean.

Rends-moi mon portefeuille.

— Je ne suis pas un voleur.

— Je veux mon portefeuille.

La voix de Christine retentit soudain.

— Allez, Jean. Nous devons partir.

— Vous n'irez nulle part, rétorqua Paul.

Il posa une main sur l'épaule de Jean.

Celui-ci laissa exploser sa colère. Tout devint rouge autour de lui.

Sans avertissement, son poing s'abattit sur Paul. Celui-ci poussa un grognement lorsque Jean le frappa au menton. Puis, il s'écroula.

— Paul, qu'est-ce qui se passe ? cria Paula de la maison.

— Partons d'ici, dit Jean à Christine et à Meggie.

Il s'engouffra dans la voiture et mit l'auto en marche arrière avant même d'avoir refermé la portière. Il appuya à fond sur l'accélérateur et la voiture recula brusquement dans l'allée.

Avant de s'éloigner, Jean vit Paula courir vers son mari sur la pelouse; ses bras battaient l'air et sa bouche était grande ouverte. Il pouvait l'entendre crier le nom de Paul encore et encore. Puis, sa voix fut couverte par le vrombissement du moteur lorsqu'il accéléra.

Il ne ralentit même pas avant qu'ils n'aient quitté le quartier, se dirigeant vers la voie d'accès pour reprendre l'autoroute.

Personne ne parlait.

Jean soufflait si fort qu'il avait l'impression que sa poitrine allait exploser.

Meggie rompit le lourd silence.

— Je n'aime pas ça, marmonna-t-elle.

Elle était affaissée sur la banquette arrière, la tête baissée, se tenant loin de la vitre comme si elle se cachait.

— Je n'aime pas ça, Christine.

— Ferme-la, Meggie, dit Christine avec brusquerie.

— *Non* ! protesta Meggie d'un ton aigu. Je te dis que je n'aime pas ça.

— Ferme-la, Meggie. Je suis sérieuse, cria Christine. Ferme-la, pour une fois.

Meggie poussa un cri enragé et exaspéré, mais elle demeura silencieuse.

Des cyprès étaient penchés au-dessus de la route. Le soleil orange montait dans le ciel à leur droite. Il faisait déjà chaud et humide.

— Tu as tout un coup droit, dit Christine calmement en jouant avec une mèche de ses cheveux blonds.

— J'ai eu de la chance, c'est tout, répondit Jean en gardant les yeux sur la route. Vous avez vu un panneau pour la route 75 ?

— Là-bas, désigna Christine. Nous allons dans la bonne direction.

Jean ralentit à l'approche d'un stop.

— Tu t'es souvent bagarré ? demanda Christine.

Il haussa les épaules.

— À quelques reprises.

Meggie s'agita bruyamment sur la banquette arrière. Jean l'entendit marmonner, mais ne put comprendre ce qu'elle disait.

— Je ne suis pas un voleur, déclara-t-il d'une voix brisée. Comment a-t-il osé me traiter de voleur ?

— Il était en colère, dit Christine.

Elle plaça une main sur son épaule, comme pour le calmer.

— Je ne suis pas un voleur, répéta Jean. Il n'avait pas le droit de… de *faire* ça.

Il serra le volant encore plus fort dans l'espoir que ses mains cessent de trembler.

— Pense-t-il vraiment que je volerais mon propre cousin ?

Cette fois, Christine posa sa main sur son genou.

— C'est tout de même étrange à propos du portefeuille, fit-elle remarquer doucement.

Il lui jeta un regard furieux.

— Qu'est-ce que tu veux dire ?

Elle réfléchit un moment avant de répondre.

— Lorsque j'ai regardé sur la tablette près de la porte pour la dernière fois, le portefeuille s'y trouvait, tout comme les clés et d'autres trucs.

— Et alors ? demanda Jean sur la défensive.

— Alors rien, répondit-elle sèchement. J'ai dit que c'était étrange, c'est tout.

Il vit qu'elle le fixait d'un air accusateur. Ses yeux étaient rivés sur lui, comme si elle attendait qu'il avoue.

En colère, il regarda droit devant lui. Il constata soudain qu'il serrait les dents si fort que sa mâchoire lui faisait mal.

Il appuya sur l'accélérateur lorsque la bretelle d'accès apparut à leur droite et la voiture partit en flèche.

— Arrête de me fixer, dit-il brusquement.

— Bon. Très bien.

Elle détourna les yeux et regarda par la vitre.

— Je n'ai rien dit. Pas besoin de me parler sur ce ton.

— Comme on s'amuse ! dit soudain Meggie avec sarcasme.

— Ferme-la, Meggie, répliqua Christine d'un ton hargneux. Je t'avertis…

Jean s'engagea dans la voie du centre. Le compteur indiquait cent vingt kilomètres à l'heure.

Christine regardait toujours dehors par la vitre de côté.

Jean alluma la radio d'un geste brusque. La musique retentit dans les haut-parleurs, les faisant tous sursauter. Jean baissa le volume et se mit à appuyer sur tous les boutons, passant rapidement d'une station à l'autre.

— Regarde donc la route, dit Meggie d'un ton aigu. Tu vas tous nous tuer.

Il ne releva pas cette remarque et continua à appuyer sur les boutons. Finalement, il fixa son choix sur une station heavy metal.

Ils roulèrent en silence durant quelques minutes.

Un peu avant midi, un bulletin de nouvelles commença. Jean voulut changer de station, mais Christine repoussa sa main.

— Roger Eckridge, cet homme de Fort Lauderdale qu'on a battu avant de lui voler sa voiture, est décédé ce matin à la suite de ses blessures au centre hospitalier de Fort Lauderdale. La police intensifie les recherches pour...

Jean éteignit la radio.

— Pourquoi ne se contentent-ils pas de faire jouer de la musique? marmonna-t-il. Si je voulais connaître les nouvelles, j'achèterais un journal.

Christine le regardait, les yeux écarquillés et l'air songeur. Elle jouait nerveusement avec ses cheveux, tortillant et détortillant l'une de ses mèches de cheveux en tire-bouchons autour de son doigt.

— Hé, pourquoi me regardes-tu comme ça? demanda Jean.

— Range-toi, ordonna Meggie d'une voix forte et effrayée.

— Hein?

— Range-toi, insista Meggie d'un ton sévère. Tout de suite. Il faut qu'on parle, Christine et moi.

Chapitre 10

— Hé, qu'est-ce qui ne va pas ? demanda Jean en empruntant la voie de droite.

— C'est entre Christine et moi, répondit Meggie froidement.

Jean regarda Christine d'un air interrogateur. Celle-ci le dévisageait d'un air troublé.

— Range-toi, dit-elle.

Jean obéit. Dès que la voiture s'arrêta, les filles descendirent. Une vague d'air chaud et humide pénétra dans la voiture avant qu'elles ne referment violemment les portières.

Elles s'immobilisèrent à quelques mètres de la voiture et se firent face. Jean plissa les yeux dans la lumière du soleil, les observant tandis qu'elles discutaient.

Meggie semblait très effrayée, très bouleversée.

Christine, elle, semblait furieuse.

Le visage de Meggie devint tout rouge tandis qu'elle criait, gesticulant et faisant les cent pas devant Christine le long de la route. Christine, les mains sur les hanches, secouait continuellement la tête. Meggie semblait parler presque sans arrêt.

«Les filles, les filles, pensa Jean, vous ne devriez pas vous disputer à mon sujet.»

Il rit intérieurement mais s'arrêta brusquement en constatant que Meggie pleurait.

«Pourquoi est-elle si bouleversée?» se dèmanda-t-il en se penchant en avant, ses bras reposant sur le volant.

Christine voulut réconforter Meggie, mais celle-ci se dégagea et la discussion reprit. Les filles jetaient des coups d'oeil furtifs vers Jean.

«Aucun doute, elles parlent de moi», se dit-il.

«J'ai l'impression que Meggie a vraiment peur de moi pour je ne sais quelle raison et que Christine tente de la rassurer.»

Il eut envie de descendre de la voiture et d'aller les rejoindre, puis décida d'attendre encore un peu.

Il s'aperçut soudain que sa main lui faisait mal. La tenant devant lui, il vit qu'il s'était coupé; ses jointures étaient maculées de sang séché.

«Je crois que j'ai *vraiment* frappé Paul très fort», se dit-il en se frottant doucement la main. «En tout cas, assez fort pour me couper la main.»

«Quel dommage! pensa-t-il. Quel dommage!»

La visite s'était si mal terminée.

Comme bien d'autres visites.

Il avait pourtant espéré que tout se passe bien cette fois. Mais non!

«Au moins, j'ai un peu d'argent pour mes dépenses», se dit-il.

Il se frotta les yeux. Lorsqu'il les ouvrit de nouveau, les deux amies discutaient toujours.

«Je devrais peut-être descendre et partir, tout simplement, pensa-t-il. Je suis la cause de tous leurs ennuis. D'ailleurs, j'en ai assez des disputes.»

«Je t'en prie, ne me fais pas de mal, Jean. Je t'en prie.»

Oui. Mélissa et lui s'étaient tellement disputés. À un point tel qu'il avait dû partir.

«Je t'en prie, ne me fais pas de mal.» Chaque fois qu'il fermait les yeux, il entendait les supplications de Mélissa et revoyait ses yeux bruns qui trahissaient sa peur.

«J'en ai assez des discussions.»

«Je vais les débarrasser de ma présence et faire de l'auto-stop. Peu importe la destination.»

Puis, il eut une meilleure idée.

Pourquoi devrait-il faire de l'auto-stop? Il avait une voiture.

Le moteur tournait et il était au volant.

Il n'avait qu'à partir!

Il éclata de rire à cette pensée. C'était tordant!

Il *fallait* qu'il le fasse. Rien que pour voir leur tête lorsqu'il filerait.

«Terrible! pensa-t-il. Ce sera terrible!»

Il les observa. C'était maintenant Christine qui parlait, les mains toujours sur ses hanches. Ses cheveux blonds captaient les reflets du soleil. Meggie avait baissé la tête, les poings serrés de chaque côté d'elle, et donnait des coups de pied dans l'herbe.

Ricanant intérieurement, Jean posa sa main sur le levier de changement de vitesse et mit la voiture en marche avant. Il jeta un coup d'oeil dans le rétroviseur, puis appuya sur l'accélérateur.

Il se retourna pour les voir ouvrir la bouche, horrifiées, tandis qu'il avançait.

Chapitre 11

— Jean ! hurla Christine.

— Qu'est-ce qu'il fait ? cria Meggie. Est-ce qu'il s'en va vraiment ?

La voiture passa près d'elles et continua à rouler sur l'accotement.

— Hé ! Jean !

Les deux filles se mirent à courir derrière la voiture, criant et agitant les bras.

— Il ne peut pas faire ça ! cria Meggie. Il ne peut *pas* !

L'auto s'arrêta quelque dizaines de mètres plus loin, se rangeant sur le gazon. Les filles continuèrent à courir, criant frénétiquement.

Hors d'haleine, elles ouvrirent les portières et se penchèrent à l'intérieur de la voiture.

Jean riait à gorge déployée, rejetant la tête en arrière et tapant le volant à deux mains, fier de sa petite plaisanterie.

— Tu n'es pas drôle, dit Christine à bout de souffle.

— Vous auriez dû voir la tête que vous faisiez ! s'exclama Jean.

— Pourquoi as-tu fait ça? demanda Meggie d'un ton furieux.

Elle se massait le côté, s'efforçant de chasser une crampe attribuable à sa course.

— Je voulais attirer votre attention, répondit Jean.

— Eh bien! tu as réussi! dit Christine. Ne refais plus ça, d'accord?

— Je vous ai fait peur? demanda Jean avec satisfaction.

Christine ne répondit pas. Elle s'assit à l'avant, du côté du passager.

— Il faut y aller, dit-elle nerveusement en jetant un coup d'oeil aux voitures qui passaient sur l'autoroute. Où sommes-nous donc?

— Nous venions juste de passer Gainesvile, tu te souviens? répondit Jean.

— Nous sommes toujours en Floride?

— Oui, croyez-le ou non, répondit Jean. Nous finirons peut-être par atteindre la Georgie si vous...

— Je veux conduire, l'interrompit Meggie.

Elle se précipita du côté du conducteur et ouvrit la portière.

Jean lui sourit.

— Qu'est-ce qui se passe? Tu ne me fais plus confiance?

«Je ne t'ai *jamais* fait confiance», pensa Meggie.

«Je ne t'ai jamais fait confiance et je n'ai jamais voulu que tu montes.»

«Il s'agissait d'une des idées merveilleuses de Christine», pensa-t-elle avec amertume. «D'une de ses nombreuses idées merveilleuses.»

«Je regrette que nous nous soyons arrêtées pour toi. J'aurais voulu qu'on ne te rencontre jamais. J'aurais voulu…»

— D'accord. Laisse-moi un peu de place afin que je puisse descendre, dit Jean.

«Je suis peut-être injuste avec lui», pensa Meggie en reculant et en regardant Jean descendre de la voiture.

«Christine dit que je suis injuste.»

«Mais nous n'avions pas besoin de sa présence.»

Meggie avait été si contente à l'idée de déposer Jean à Tampa. Mais voilà qu'il était encore là, les accompagnant jusqu'à Cleveland.

Et ensuite?

Parviendraient-elles à se débarrasser de lui? Ou alors les suivrait-il jusque chez elles pour s'y installer et ne plus jamais repartir?

«Je dois chasser ces idées folles de mon esprit», se dit Meggie.

«Mais comment y arriver? Tout est si… fou.»

«Si seulement Jean ne me donnait pas tant la frousse. Si seulement on pouvait lui faire confiance.»

«Mais tout à propos de lui m'effraie: sa stature, son comportement, son redoutable tempérament.»

«Et cette histoire à la radio à propos du vieil homme…»

— Meggie, tu montes ou quoi? demanda Christine d'un ton impatient.

— Désolée, dit Meggie doucement.

Les idées se bousculaient toujours dans son esprit.

Elle se tourna vers Jean, qui s'apprêtait à s'installer sur la banquette arrière, et eut un frisson en voyant qu'il la dévisageait avec un sourire des plus étranges sur les lèvres.

Puis, au lieu de s'asseoir, il tapota la vitre du côté de Christine.

— Pourquoi ne viens-tu pas en arrière avec moi? demanda-t-il.

Nous ferons semblant d'être en limousine. Meggie sera notre chauffeur.

— C'est vraiment gentil, dit Meggie d'un ton pince-sans-rire en roulant les yeux.

— Allez! insista Jean.

Il ouvrit la portière et tira Christine par le bras en lui adressant son plus beau sourire.

«Je n'arrive pas à le croire», pensa Meggie avec mécontentement. «Ils vont s'embrasser sur la banquette arrière pendant que je conduis.»

«Christine exagère!» se dit Meggie.

Elle était à la fois furieuse et jalouse.

«Comment peut-elle faire ça?»

«Bon, du calme», se dit Meggie.

Elle s'assit au volant en soupirant bruyamment et referma la portière.

Christine s'assit sur la banquette arrière et Jean l'attira immédiatement sur ses genoux. Elle poussa un petit cri aigu.

— Lâche-moi!

Jean rit et leva les bras, la laissant s'asseoir sur la banquette.

— Nous ne partirons jamais d'ici, grommela Meggie.

— Contente-toi de conduire, dit Christine en riant nerveusement parce que Jean la chatouillait.

— Vous êtes complètement fous, gémit Meggie en s'engageant sur l'autoroute.

— Tu peux te joindre à nous, dit Jean en souriant.

— Ne sois pas dégoûtant, répondit rapidement Meggie.

Elle alluma la radio et monta le volume afin de ne pas entendre ce qui se passait à l'arrière. Elle demeura dans la voie du centre, roulant à cent kilomètres à l'heure.

De temps à autre, elle levait les yeux pour regarder dans le rétroviseur et apercevait Christine et Jean enlacés, s'embrassant passionnément.

— J'espère que vous êtes à l'aise à l'arrière, leur dit-elle d'un ton sarcastique.

Christine grommela une réponse. Meggie ne l'entendit pas à cause de la musique.

«Ce n'est pas la première fois que Christine fait ça», pensa-t-elle.

«Ce n'est pas la première fois qu'elle se trouve un garçon et moi pas.»

«Mais pourquoi maintenant? Et pourquoi avec un garçon dont nous ne savons rien?»

«Un auto-stoppeur. Auto-stoppeur. Auto-stoppeur.»

«C'est trop dangereux, se dit Meggie. Si seulement je pouvais la convaincre.»

Elle avait tenté de raisonner Christine. En voyant que ça ne marchait pas, elle avait essayé les larmes.

Que devait-elle faire ?

Que *pouvait*-elle faire ?

Lorsqu'ils eurent franchi la frontière de la Georgie, ils s'arrêtèrent pour manger des hot-dogs. Puis, Meggie conduisit le reste de l'après-midi en ne faisant qu'un court arrêt de cinq minutes pour se dégourdir les jambes.

Le soir tomba. Il y avait peu de voitures sur la route, qui ne comptait plus que deux voies. Le trafic était principalement constitué de gros camions qui roulaient à près de cent trente kilomètres à l'heure.

— Hé, vous avez faim ? demanda Christine.

— Y a-t-il un endroit où l'on peut manger près d'ici ? demanda Jean d'une voix encore engourdie de sommeil.

— Il nous faut aussi une carte, fit remarquer Christine.

Elle secoua Jean pour le sortir de sa torpeur.

— Réveille-toi, paresseux.

— Est-ce qu'on va s'arrêter ? demanda Jean d'un ton endormi. Je meurs de faim. Où sommes-nous ?

— Meggie, qu'est-ce qui se passe ? demanda Christine d'une voix soudain inquiète. Tu ne dis pas un mot.

— Euh… commença Meggie à contrecoeur.

Elle regardait dans le rétroviseur.

— J'ai de mauvaises nouvelles. Je crois que quelqu'un nous suit.

Chapitre 12

— Hein?

Christine et Jean manifestèrent leur surprise.

Meggie accéléra pour doubler une camionnette chargée de sable.

— Qu'est-ce qui te fait dire ça? demanda Christine d'une voix tendue.

Elle se retourna pour regarder par la lunette arrière.

— Cette voiture bleue est derrière nous depuis Gainesvile, expliqua Meggie en accélérant.

La voiture hésita, puis avança en vrombissant. Le compteur indiquait cent quarante kilomètres à l'heure.

— Je ne vois pas d'auto bleue, fit remarquer Jean.

Il s'était également retourné pour regarder en arrière.

— Regardez bien, dit Meggie d'une voix calme.

Son coeur battait pourtant la chamade.

Quelques secondes plus tard, une Taurus bleue dépassa la camionnette et regagna la voie de droite, plusieurs longueurs de voiture derrière eux.

— C'est la voiture bleue? demanda Christine.

— Oui, confirma Meggie en regardant dans le rétroviseur.

— Qu'est-ce qui te fait croire qu'elle nous suit? demanda Christine d'un ton perçant.

— Elle se dirige peut-être simplement vers le nord, tout comme nous, fit remarquer Jean.

— Je ne crois pas, dit Meggie. Je l'observe depuis un bon moment déjà. La voiture reste toujours dans la même voie que nous. Elle garde une certaine distance entre nous, mais pas trop grande. Parfois, je ralentis pour que le conducteur me double, mais il ralentit aussi. Il ne me dépasse pas.

Christine et Jean fixèrent la Taurus bleue.

— Je n'arrive pas à distinguer le conducteur, dit Christine. Il fait trop noir.

— C'est un homme, c'est tout ce que je sais, dit Meggie. Il ne s'est pas approché suffisamment pour que je puisse voir son visage.

Elle appuya sur le frein et ralentit jusqu'à quatre-vingt-dix kilomètres à l'heure. La voiture bleue ralentit également, maintenant la même distance entre les deux véhicules.

— Vous voyez ce que je veux dire? demanda Meggie.

Elle sembla soudain terrifiée.

— Retournez-vous. Que fera-t-il s'il se rend compte que nous *savons* qu'il nous suit?

— Mais pourquoi quelqu'un nous suivrait-il? demanda Christine en s'adossant à la banquette et en se baissant.

— Je n'arrive pas à croire que… commença Jean.

— Oh! je sais! l'interrompit Christine. C'est Paul.

— Hein? fit Jean.

— Je parie que c'est ton cousin Paul. Il nous suit pour récupérer son argent.

— Hé! cria Jean d'un ton furieux. Qu'est-ce qui te fait croire que je l'ai? Je t'ai dit que…

— Voilà une sortie! l'interrompit Meggie. Je la prends! Accrochez-vous!

Elle donna un coup de volant. Les pneus crissèrent lorsque la voiture fit une embardée sur la bretelle d'accès.

Meggie accéléra et dérapa sur le bas-côté en gravier. Lorsqu'elle eut repris la maîtrise de la voiture, elle appuya à fond sur l'accélérateur. La voiture partit en flèche sur un étroit chemin non pavé.

— Attention!

Le tracteur surgit de nulle part, traversant la route juste devant eux. Le conducteur regardait dans l'autre direction.

Christine hurla.

Meggie donna un coup de volant. La voiture quitta la route, bondit sur le gazon et heurta quelques pierres.

Le tracteur était maintenant derrière eux. Meggie donna un autre coup de volant pour regagner la route.

— Je n'arrive pas à y croire! souffla Christine.

Elle tirait sur ses cheveux à deux mains.

— Avons-nous semé la Taurus bleue? demanda Jean.

Il était pâle et paraissait secoué.

Meggie jeta un coup d'oeil dans le rétroviseur.

— Oui, elle est partie, répondit-elle avec un soupir de soulagement.

Puis, son expression s'assombrit tandis qu'elle regardait toujours dans le rétroviseur.

— Non, la voilà. Elle est encore là.

— Il faut la semer ! s'écria Christine. Tourne ici !

Meggie obéit et donna un brusque coup de volant. La voiture se retrouva sur un autre petit chemin de campagne. Quelques secondes plus tard, ils entendirent un crissement de pneus lorsque la Taurus tourna à son tour.

— Il accélère, fit remarquer Meggie.

Sa gorge se serra.

— Je crois qu'il tente de nous rejoindre.

Christine et Jean s'accrochèrent l'un à l'autre lorsque Meggie appuya sur l'accélérateur.

— Il nous rattrape ! s'écria Meggie d'une voix qui trahissait sa peur.

— Qui est-ce ? demanda Christine. Qu'est-ce qu'il *veut* ?

— Hé ! L'autoroute ! s'exclama Meggie.

— Nous avons dû décrire un cercle, fit remarquer Jean à voix basse.

Meggie engagea la voiture sur l'autoroute et se plaça dans la voie du centre.

— Impossible de le semer sur cette route, dit Christine. Il nous suivra éternellement.

— Cherchons un village, suggéra Jean. Nous y serons en sécurité.

— Si seulement il y avait plus de voitures sur cette route, gémit Meggie. Nous pourrions le semer…

— Oh !

Aucun d'entre eux ne s'était aperçu que la Taurus bleue les avait rejoints jusqu'au moment où la voiture surgit dans la voie de gauche et fit une embardée pour les heurter.

— Hé !

De nouveau, la voiture heurta le côté du conducteur.

— Il essaie de nous faire quitter la route ! s'écria Jean.

— Il veut nous *tuer* ! s'exclama Christine.

La Taurus les tamponna de nouveau, plus violemment cette fois.

— Il est *cinglé* ! hurla Meggie.

Elle freina brusquement. La Honda dérapa dans la voie de droite, puis sur l'accotement.

— Meggie ! *Non* !

Elle entendit Christine pousser un cri strident à l'arrière.

Puis, un bruit de ferraille et de verre brisé.

Meggie fut projetée en avant, puis en arrière. Elle sentit sa ceinture de sécurité la retenir à la taille et sa tête se mit à élancer.

La voiture s'était immobilisée, constata-t-elle.

« Suis-je en vie ? »

Une main toucha son épaule.

— Tu n'as rien ? Meggie ?

C'était la voix de Christine.

— Nous avons heurté un arbre.

C'était maintenant celle de Jean.

Meggie cligna des yeux à deux reprises et remua la tête.

— Je… je vais bien, bégaya-t-elle d'un ton hésitant.

Elle regarda à l'extérieur. La voiture était légèrement inclinée. Le phare droit éclairait un massif d'arbustes, mais le gauche ne semblait plus fonctionner.

— Nous n'avons rien, dit Christine d'une voix étrangement étouffée. Nous n'avons rien.

— Regardez !

Meggie désigna la route.

La Taurus bleue s'était arrêtée à quelques mètres de là. Elle reculait maintenant dans leur direction.

— Est-ce qu'on peut démarrer ? Il s'en vient ! Il faut que nous partions ! cria Christine d'un ton insistant en serrant l'épaule de Meggie.

— Je… je ne sais pas, répondit Meggie.

Sa voix n'était qu'un murmure effrayé.

Elle mit l'auto en marche arrière et appuya sur l'accélérateur avec force.

Silence.

Elle ne s'était pas rendu compte que le moteur avait calé.

Elle chercha la clé à tâtons et la tourna.

Le moteur gémit, mais ne démarra pas.

— Essaie encore ! Vite ! s'écria Christine.

La Taurus bleue reculait et ne se trouvait plus qu'à quelques mètres devant eux.

Meggie tourna la clé encore une fois, appuyant sur l'accélérateur à petits coups. La voiture grinça en signe de protestation.

— Je crois que tu as noyé le moteur, dit Jean.

La Taurus bleue s'immobilisa sur le bord de l'autoroute. La portière du côté du conducteur s'ouvrit. La lumière s'alluma dans la voiture. Ils purent voir un homme portant des vêtements foncés descendre de la voiture.

— Nous sommes pris au piège, dit Meggie doucement. Il nous a eus.

Chapitre 13

— Qui est-ce ? demanda Christine dans un murmure. Je ne peux pas voir son visage !

Jean agrippa la poignée et ouvrit la portière.

— Allons dans le bois !

Il saisit Christine par le bras et la tira.

Celle-ci hésita, les yeux rivés sur la silhouette sombre qui descendait de la voiture.

— Nous sommes pris au piège, répéta Meggie en serrant le volant à deux mains.

Elle ne fit aucune tentative pour sortir de la voiture.

— Allez ! Dépêchez-vous ! s'écria Jean frénétiquement en marchant dans la terre.

Meggie toucha la poignée, mais n'ouvrit pas la portière.

— Meggie ? cria Christine. Est-ce que tu crois que...

Elle s'arrêta lorsque des lumières jaunes clignotantes attirèrent son attention.

Les lumières semblaient flotter à la surface de la route, clignotant à intervalles réguliers, devant de plus en plus grosses à mesure qu'elles approchaient.

— Hé! C'est une dépanneuse! s'écria Jean d'un ton enthousiaste à l'extérieur de la voiture.

Il agita les bras au-dessus de sa tête pour faire signe au conducteur de la dépanneuse.

Le gravier de l'accotement craquait sous les pneus du véhicule et roulait sur le sol.

Un homme passa sa tête par la vitre de la dépanneuse. Il

fumait le cigare et portait une casquette de base-ball rouge.

— Vous allez bien, les enfants?

— Oui, nous ne sommes pas blessés.

Jean fit le tour de la voiture, les mains dans les poches de ses jeans, et s'approcha de la dépanneuse.

— Votre phare est brisé.

La portière s'ouvrit et le conducteur sauta sur le sol.

Meggie vit qu'il était grand et maigre. Il avait les cheveux bruns et longs jusqu'aux épaules. Il jeta son cigare par terre, puis se dirigea vers Meggie.

— Comment est-ce arrivé?

— Nous étions poursuivis, lâcha Meggie. Cette voiture nous suivait et…

Elle fit un geste pour désigner l'homme dans la Taurus bleue.

Mais l'homme et la voiture avaient disparu.

Le conducteur de la dépanneuse se retourna pour regarder ce qu'elle lui montrait.

— Hein?

— Il a dû partir, expliqua Jean.

— Je n'arrive pas à le croire, marmonna Christine sur la banquette arrière.

Meggie expira bruyamment. Elle était secouée, mais soulagée.

L'homme plissa les yeux d'un air soupçonneux.

— Est-ce que vous avez bu, les jeunes ?

— Non, répondit Jean d'un ton sec. Nous avons eu un accident, c'est tout.

— Ça n'a pas l'air bien grave, dit l'homme. Est-ce que la voiture démarre ?

— Non, répondit Meggie.

— Laisse-moi essayer, d'accord ?

Il ouvrit la portière et aida Meggie à descendre.

Christine les rejoignit à son tour. Ils se tenaient en ligne, observant le conducteur de la dépanneuse qui s'installait au volant.

La voiture démarra du premier coup. L'homme fit reculer la voiture et Meggie constata qu'il n'y avait pas trop de dommages.

Le pare-chocs était bosselé, mais pas suffisamment pour empêcher le pneu de tourner.

— Vous n'avez pas besoin de dépanneuse, annonça l'homme en descendant de la voiture. Vous avez eu de la chance.

— Ouais, marmonna Christine en jetant un regard sombre vers Meggie.

— Vous feriez mieux de faire remplacer le phare. Il y a un garage au village qui est peut-être encore ouvert.

— Au village ? Il y a un village ? demanda Meggie d'un ton impatient.

— La prochaine sortie à droite.

Il toucha le bord de sa casquette pour les saluer.

— Soyez prudents.

Il se dirigea vers sa dépanneuse à grandes enjambées.

— Merci ! cria Jean.

— Et je me méfierais de ces poursuites avec des voitures invisibles ! ajouta l'homme avant de disparaître dans son véhicule.

La chambre du motel était simple, mais propre. Jean jeta son sac sur un fauteuil dans un coin et s'effondra sur le lit.

Sleepy's — c'était le nom du long motel à deux étages situé à l'extrémité du village.

Le garage était fermé. Jean et les filles étaient trop fatigués et secoués pour continuer leur route. De plus, Meggie craignait que la police ne les arrête parce qu'un seul des phares de la voiture fonctionnait.

Ils s'étaient donc arrêtés dans ce motel pour la nuit, cachant la voiture à l'arrière du motel au cas où le conducteur de la Taurus bleue serait toujours à leur recherche.

Couché sur le dos, Jean ferma les yeux et entendit des voix dans la chambre voisine.

Christine et Meggie se disputaient de nouveau.

« À quel propos, cette fois ? » se demanda Jean en gardant les yeux fermés pour mieux se concentrer.

Mais il n'arrivait pas à comprendre ce qu'elles disaient.

Il pensa à Christine. «Cette fille est super! se dit-il. Nous devrions retourner à Key West et *vraiment* faire la fête!»

À la pensée de Key West, Mélissa surgit dans son esprit. Il revit son visage rouge et bouffi, ses cheveux cuivrés emmêlés et humides et ses joues pâles mouillées de larmes. Pour la centième fois, il revit ses petits poings serrés et l'entendit le supplier de ne pas la blesser.

Il soupira, roula sur le côté et enfouit son visage dans le couvre-lit. Il mit un bras sur sa tête, couvrant son oreille afin de ne pas entendre les voix de Christine et de Meggie dans la chambre d'à côté. Elles discutaient toujours. Même en se bouchant les oreilles, il pouvait entendre les cris de Meggie.

— Qu'est-ce que tu as? demanda-t-il tout haut.

Il pensa à la voiture. Ils pourraient probablement se rendre à Cleveland sans la faire réparer. Toutefois, ce serait risqué de rouler la nuit...

Les cris dans la chambre voisine cessèrent brusquement. Jean leva la tête et prêta attention.

Oui. Elles s'étaient finalement arrêtées.

Meggie avait-elle gagné? Avait-elle persuadé Christine de le laisser tomber? De continuer leur route sans lui?

Était-ce la raison de leur dispute?

Jean sentit la colère monter en lui.

Meggie n'avait aucune raison de s'acharner sur lui. Elle était jalouse, voilà tout...

Soudain, on frappa bruyamment à la porte.

Jean se redressa brusquement, stupéfait.

On cogna de nouveau. Quelqu'un frappait à grands coups sur la porte en bois.

Jean bondit rapidement sur ses pieds et traversa la pièce.

Il avait une main sur la poignée de la porte quand une voix rauque se fit entendre.

— Sortez, les mains en l'air !

Chapitre 14

Jean figea, la main toujours sur la poignée, et retint son souffle.

Il appuya son oreille contre la porte et écouta. Il n'entendit que les battements de son coeur.

Puis, il entendit un petit rire nerveux.

Il tourna la poignée et ouvrit la porte à la volée.

— Meggie !

— Je t'ai eu ! dit-elle avant d'éclater de rire.

Elle s'était changée et portait maintenant des jeans coupés et un corsage rose qui dévoilait sa taille.

Jean la regarda, bouche bée, attendant que son coeur cesse de battre à tout rompre.

— Ce n'est pas drôle, dit-il avec brusquerie. Je... je n'ai pas reconnu ta voix.

Il se rendit compte qu'il la voyait rire pour la première fois.

— Tu aurais dû voir la tête que tu faisais en ouvrant la porte, dit Meggie en secouant la tête. Ça valait le coup !

— Tant mieux si ça t'a plu, répondit-il avec sarcasme.

Il ressentit une envie pressante de la frapper et d'effacer le sourire sur son visage. Mais il chassa cette idée de son esprit.

— Qu'est-ce qui se passe ?

Le visage de Meggie devint sérieux. Elle repoussa une mèche de cheveux noirs qui tombait sur son front.

— J'ai pensé qu'on pourrait bavarder, dit-elle à contrecoeur en évitant son regard.

Elle chercha ses mots.

— En fait, je voudrais m'excuser, en quelque sorte.

— Hein ?

Il fut incapable de cacher son étonnement.

Il se tenait toujours dans la porte, la main sur la poignée. Une mouche bourdonnait autour de la lumière dans le couloir.

— Tu veux entrer ? demanda-t-il en reculant d'un pas.

— Pourrions-nous… euh… faire une promenade ?

Elle leva les yeux et lui sourit timidement.

Les idées se bousculaient dans la tête de Jean. Pourquoi faisait-elle cela ? Que voulait-elle ? Où était Christine ?

Qu'est-ce qui se passait ?

— Ne me regarde pas comme ça, dit-elle d'un ton espiègle. Je ne vais pas t'enlever. J'ai seulement pensé qu'on pourrait faire un petit tour afin que je puisse m'excuser d'avoir été si désagréable avec toi.

— Oui. Bien sûr. D'accord, répondit-il d'un ton hésitant en se grattant le menton.

Laissant la porte ouverte, il se retourna et marcha jusqu'à la commode pour prendre son portefeuille et la clé de sa chambre.

— Ça me fera du bien de prendre l'air, dit-il. Ce climatiseur n'est rien de plus qu'une machine à faire du bruit.

— C'est la même chose dans notre chambre, fit remarquer Meggie.

Quelques minutes plus tard, ils marchaient côte à côte dans le stationnement du motel. L'air était frais et sec. Le ciel noir comme de l'encre était clair et parsemé d'étoiles.

Meggie prit le bras de Jean et l'entraîna vers la forêt.

— Où est Christine ? lâcha-t-il soudain.

Durant un bref instant, Meggie parut blessée.

— Elle était fatiguée. Elle voulait dormir. Moi, je suis trop énervée, j'en serais incapable. J'ai l'impression d'être toujours dans la voiture, appuyant sur l'accélérateur pour tenter de semer ce... cette personne qui nous poursuivait.

— Quelle journée ! marmonna Jean.

— De plus, je ne voulais pas que Christine m'accompagne, dit Meggie.

Elle esquissa un sourire et serra le bras de Jean.

— Je te voulais pour moi toute seule pour une fois.

« Qu'est-ce qui se passe ? se demanda Jean. Je croyais qu'elle me détestait ! »

— À quel propos vous êtes-vous disputées ?

— Tu nous as entendues ? fit Meggie en levant les yeux vers lui. On se défoulait, c'est tout, continua-t-elle en fixant les arbres qui se dessinaient devant eux.

— Je vois, répondit Jean.

Cependant, il n'en croyait pas un mot.

— Parfois, la tension monte tellement qu'il faut crier un peu pour se sentir mieux, poursuivit-elle.

— Ça me semblait être une discussion assez animée, insista Jean.

Ils se trouvaient maintenant sous les arbres ; un épais tapis d'aiguilles de pin craquait sous leurs pas. Ils inspirèrent tous les deux profondément. Une fraîche odeur de pin flottait dans l'air.

— Ce n'était pas une vraie dispute, dit Meggie. Christine et moi sommes amies depuis longtemps. Nous nous connaissons si bien. Nous savons que nous pouvons nous défouler et crier sans que l'autre ne le prenne mal.

— Ah bon ! fit Jean en s'efforçant d'avoir l'air de la croire.

Toutefois, il ne la croyait pas. Christine et Meggie s'étaient *vraiment* querellées. Il en était certain. Et il se doutait bien qu'il avait quelque chose à voir avec leur mésentente.

Mais voilà qu'il marchait dans la forêt sombre avec Meggie, lui posant des questions et n'obtenant que des mensonges en guise de réponses.

Où voulait-elle donc en venir ?

Soudain, Jean entendit un craquement — le bruit d'une petite branche cassant sous les pas de quelqu'un.

Ils s'immobilisèrent tous les deux. Meggie avait

également entendu le bruit. Elle écarquilla les yeux de frayeur et agrippa le bras de Jean tandis qu'ils prêtaient l'oreille.

Un autre craquement. Un bruissement. Tout près.

Meggie s'appuya contre Jean et celui-ci la sentit trembler.

Un autre craquement. Un pas.

Encore plus près.

— Nous ne sommes pas seuls, murmura Jean.

Chapitre 15

— Qui… qui est là ? parvint à prononcer Meggie.

Aucune réponse.

— Il y a quelqu'un ? demanda Meggie en jetant un regard effrayé vers Jean.

De nouveau, aucune réponse.

Un autre pas.

— Regarde !

Jean désigna quelque chose sur le sol.

Meggie se retourna pour suivre son regard et aperçut les deux intrus s'enfuir sur le sentier.

— Des opossums, dit-elle.

— Oui. Des opossums.

Toujours serrés l'un contre l'autre, ils éclatèrent de rire.

— Je savais depuis le début qu'il devait s'agir d'un animal, déclara Jean en se remettant à marcher.

— Ah bon ! fit Meggie d'un ton sceptique.

— Tu es plutôt peureuse, fit remarquer Jean pour la taquiner.

— Je n'étais pas effrayée avant de m'apercevoir à quel point *tu* avais peur, répliqua-t-elle.

Il rit et se tourna vers elle.

Elle le rejoignit. Puis, soudain, elle posa une main sur son épaule, l'attira vers elle et l'embrassa.

Après quelques secondes, elle fit un pas en arrière, le regard inexpressif.

— Pourquoi ce baiser? demanda Jean sans parvenir à cacher sa surprise.

— C'est ma façon de m'excuser, répondit Meggie.

— T'excuser?

— Je te l'ai dit. C'est pour cela que je voulais te parler. J'ai été si méchante avec toi. Je voulais seulement…

Impulsivement, il la saisit par la taille et l'attira vers lui de nouveau pour l'embrasser.

Mais elle se libéra de son étreinte.

— Non.

Il fit une nouvelle tentative.

— Hé! Qu'est-ce que tu as? Viens ici.

— Non.

Elle secoua la tête et le dévisagea.

— Ce n'est pas ça que je veux. Je désirais seulement m'excuser. C'est tout.

— Tu te moques de moi? demanda-t-il d'un ton de défi.

Ses sentiments étaient confus. Il se sentait troublé, en colère et impatient de l'embrasser encore une fois.

— Jean, *écoute*-moi, insista-t-elle d'une voix perçante. J'ai pensé que cette promenade me permettrait de m'excuser afin que nous puissions être amis. Je ne voulais pas que tu te méprennes sur mes sentiments. Vraiment. Je ne ferais pas ça à Christine.

— Elle n'en saura rien, dit Jean en lui adressant un sourire malin.

— Oh! ne sois pas ridicule, répliqua-t-elle. Je te l'ai dit: Christine et moi sommes amies depuis toujours. Je ne ferai pas les yeux doux à un garçon qui lui plaît.

Jean fit la moue.

— Quel dommage! dit-il d'un ton sarcastique.

— Rentrons, dit Meggie tristement. Je crois que ce n'était pas une bonne idée de venir ici.

Elle lui tourna le dos pour se diriger vers le motel, mais il la saisit par les épaules et la fit pivoter.

— Lâche-moi! Qu'est-ce que tu fais? s'écria Meggie d'un ton furieux.

Ses yeux bleus lançaient des éclairs.

Jean lui sourit d'un air taquin.

— Je suis un méchant garçon, Meggie, dit-il. Tu n'as donc pas peur d'être toute seule avec moi dans cette forêt obscure?

Elle secoua la tête, mais Jean lut la peur dans ses yeux.

— Tu n'as donc pas peur? répéta-t-il.

Il fut réveillé par des coups à la porte de sa chambre.

Il leva la tête et cligna des yeux. Du coin de l'oeil, il regarda le cadran sur la table de chevet. Sept heures quinze.

— Hé! Jean! Réveille-toi! cria la voix de Christine.

«Pourquoi si tôt?» se demanda-t-il.

Il se redressa en bâillant et sursauta lorsque les coups reprirent.

— Une minute!

Il se leva et s'étira. En bâillant de nouveau, il marcha vers le fauteuil où il avait laissé ses jeans et les enfila. Des aiguilles de pin étaient collées aux revers.

Un peu moins endormi, il se dirigea vers la porte, enleva la chaîne et ouvrit.

— Est-ce que Meggie est avec toi? demanda Christine d'un ton inquiet.

— Hein?

Il plissa les yeux comme si cela allait l'aider à mieux comprendre ce qu'elle lui demandait.

— Tu as bien entendu, dit-elle sèchement. Est-ce que Meggie est avec toi?

Elle regarda par-dessus son épaule, essayant de voir dans la chambre.

— Non, répondit-il en reculant pour qu'elle puisse mieux voir.

— Alors *où* est-elle? demanda Christine d'un ton affolé.

Jean passa une main dans ses cheveux.

— Qu'est-ce que tu veux dire? Elle n'est pas avec toi?

Christine secoua la tête. Jean vit que son menton tremblait.

— Elle est partie.

— Tu en es certaine?

— Oui. Elle est partie. Oh! Jean! J'ai si peur! Meggie a *disparu*!

Chapitre 16

— Tu en es sûre ?

Jean la fixa, incrédule.

Christine le poussa et entra dans la chambre.

— *Bien sûr* que je le suis !

Elle parcourut la pièce du regard, comme si elle ne le croyait pas.

— Peut-être qu'elle s'est levée tôt et qu'elle est partie déjeuner, suggéra Jean.

Debout près de la fenêtre, Christine secoua la tête.

— J'ai le sommeil léger. Je l'aurais entendue.

Elle leva le store et regarda à l'extérieur.

— De plus, son lit n'est pas défait.

Jean s'avança jusqu'au milieu de la pièce.

— Je vous ai entendues vous disputer hier soir, dit-il en retirant sa brosse de son sac de toile.

— Et alors ? demanda Christine sur la défensive.

Elle croisa les bras sur sa poitrine et rejeta les cheveux en arrière d'un coup de tête provocateur.

— Alors, Meggie était peut-être en colère contre toi et elle a décidé de partir, suggéra Jean.

— Impossible, répliqua Christine en le dévisageant froidement.

— À propos, pourquoi vous disputiez-vous ? demanda-t-il en se tournant vers le miroir et en se brossant les cheveux avec soin.

Il la vit hausser les épaules dans le coin du miroir, comme pour dire qu'il ne s'agissait de rien d'important ; cependant, elle rougit.

— Ce n'était rien de grave, dit-elle. Ça ne te concerne pas.

Jean remit la brosse dans son sac. Christine marcha vers lui et appuya sa tête sur sa poitrine.

— Oh ! Jean ! J'ai si peur. Qu'est-ce qui lui est arrivé, d'après toi ?

Instinctivement, il l'entoura de ses bras et la réconforta.

— Je persiste à croire qu'elle a filé, dit-il doucement.

— Tu te trompes, rétorqua Christine. Je connais Meggie. Elle aurait dit quelque chose. Il faut toujours qu'elle ait le dernier mot. Si elle nous avait laissés tomber parce qu'elle était furieuse, elle me l'aurait dit d'abord.

Christine réprima un sanglot. Jean sentit ses épaules trembler. Il la serra plus fort.

— De plus, dit-elle d'une voix brisée, son sac est toujours dans la chambre. Et il n'est pas ouvert. Elle ne serait pas partie sans son sac.

Jean réfléchit durant un long moment, se demandant s'il devait avouer à Christine qu'il avait vu

Meggie la veille. Mais, l'esprit toujours endormi, il était incapable de penser clairement.

— Nous devrions peut-être appeler la police, proposa-t-il.

Christine se libéra de son étreinte, les sourcils froncés.

— La police? Est-ce que tu crois qu'il y en a seulement une dans ce village?

Jean haussa les épaules.

— Nous pourrions essayer d'appeler.

— Nous perdrions notre temps, dit Christine.

Ses yeux étaient rivés sur ceux de Jean.

— Même s'il y *avait* des policiers dans cet horrible endroit, comment pourraient-ils nous aider? Ils doivent passer leur temps à récupérer des chats grimpés dans les arbres. Ils nous poseraient des tas de questions sans avoir la moindre idée de la façon de retrouver Meggie.

Jean se laissa tomber sur le bord du lit défait.

— Ouais, tu as probablement raison, approuva-t-il à contrecœur. Nous devrions peut-être téléphoner à ses parents à Cleveland. Peut-être Meggie les a-t-elle appelés pour leur dire qu'elle rentrait.

— Ses parents?

Christine eut un rire ironique.

— Ce sont les *dernières* personnes à qui Meggie téléphonerait.

— Elle ne s'entend pas bien avec eux?

— C'est à peine s'ils se parlent. Meggie a dû s'enfuir pour venir en Floride avec moi.

— Nous devrions peut-être attendre qu'elle revienne, suggéra Jean.

Christine se renfrogna.

— Oh ! bien sûr ! C'est une idée brillante.

Elle secoua la tête d'un air mécontent et repoussa quelques boucles blondes de son visage.

— Et si quelque chose lui était arrivé, Jean ? Si elle se trouvait quelque part, blessée ? Ou… ou… pire ? N'oublie pas, on nous suivait hier. Quelqu'un…

— D'accord, d'accord, l'interrompit Jean d'un ton impatient. Je n'ai rien dit.

— Prenons la voiture et allons voir si nous pouvons la trouver quelque part, dit Christine pensivement.

Jean s'empara de son sac et en remonta la fermeture éclair.

— Bonne idée.

Il adressa un sourire rassurant à Christine.

— Nous la trouverons peut-être en train de faire du lèche-vitrines en ville.

Christine ne sourit pas.

— Faire du lèche-vitrines ? Il n'y a qu'un magasin de pneus dans ce village !

Christine et Jean se dirigèrent vers l'arrière du motel, là où ils avaient garé la voiture.

Le ciel, pourtant clair et ensoleillé quelques heures auparavant, s'était couvert. L'air était chaud et humide.

— On dirait qu'il va pleuvoir, marmonna Jean.

Ils tournèrent le coin du motel et s'immobilisèrent.

Christine agrippa le bras de Jean, le souffle coupé, et écarquilla les yeux de surprise.

— La voiture... Elle n'est plus là !

Chapitre 17

— Je n'arrive pas à le croire ! murmura Christine en secouant la tête et en fixant une grande flaque d'huile à l'endroit où aurait dû se trouver la voiture.

— Meggie doit être partie avec la voiture, dit Jean d'une voix tremblante.

Christine ouvrit son sac et fouilla à l'intérieur. Au bout de quelques secondes, elle en retira un trousseau de clés.

— Impossible. J'ai les clés, annonça-t-elle d'un air mécontent.

— C'est le seul trousseau ? demanda Jean.

Christine acquiesça.

— Je crois que nous *devons* appeler la police maintenant, dit Jean calmement.

— Nous devons *partir*, protesta Christine en serrant la main de Jean. Quelqu'un nous *poursuit*, Jean. Si cette personne a enlevé Meggie et volé la voiture, elle s'en prendra bientôt à nous.

Deux larmes roulèrent sur ses joues.

— Je ne peux pas supporter ça ! Je ne peux pas !

— Mais, Christine… commença Jean en s'avançant vers elle.

Elle recula hors de sa portée.

— Nous sommes en danger ici! Vraiment! Nous devons partir aussi loin que possible!

Elle tremblait maintenant des pieds à la tête.

— Mais la voiture… dit Jean.

— Je me moque de la voiture! cria-t-elle. Et il n'y a rien que nous puissions faire pour Meggie! Pas si ce cinglé nous court après!

— D'accord, d'accord.

Jean se retourna pour s'assurer que personne ne les observait.

— Calme-toi, tu veux? Nous partirons.

— Bien, dit Christine en étouffant un sanglot. Partons d'ici.

Le ciel s'assombrit. Les nuages gris devenaient menaçants au-dessus d'eux. L'air humide était maintenant un peu frais.

Christine inspira profondément. Une odeur âcre de combustible lui emplit les narines.

— Je déteste cet endroit. Vraiment, dit-elle en pleurant.

Ils se dirigèrent vers l'avant du motel.

— Qu'est-ce que nous allons faire? demanda Jean en regardant la route déserte qui traversait le village.

— De l'auto-stop, je suppose, répondit-elle en se tenant tout près de lui.

— D'accord. Tu te sens plus calme?

— Pas vraiment, avoua-t-elle. Je ne serai pas calme tant que nous n'aurons pas quitté cet endroit.

— Il n'y a pas beaucoup de circulation, fit remarquer Jean tandis qu'ils marchaient le long de la route.

Le ciel devint gris foncé. Le vent soufflait en bourrasques, agitant les cyprès et les pins qui bordaient la route.

— Nous n'avons qu'à marcher vers le nord, dit Christine. Quelqu'un finira bien par passer.

Une camionnette rouge transportant des souches passa.

— J'espère qu'il ne pleuvra pas, dit Jean en levant les yeux vers le ciel menaçant. Sinon, nous serons trempés.

— Je m'en moque, déclara Christine.

Une autre camionnette, vide cette fois, passa en vrombissant.

— L'important, c'est que nous quittions cet endroit, ajouta-t-elle.

Ils s'arrêtèrent au seul casse-croûte du village et avalèrent des beignes à la gelée et du café. En temps normal, Christine détestait le goût amer du café. Ce matin-là, cependant, elle le trouva bon et réconfortant.

Quelques minutes plus tard, ils marchaient sur le bord de l'autoroute en se traînant les pieds, se retournant au moindre ronronnement de moteur pour lever le pouce.

À cette heure matinale, c'était surtout des camions qui circulaient. Les quelques voitures qui passèrent ne ralentirent même pas.

Christine sentit soudain quelques gouttes de pluie froide lui tomber sur le front.

— Nous avons déjà marché un bon bout, dit-elle d'un ton découragé.

— Il y a plus de voitures maintenant, fit remarquer Jean. Quelqu'un va s'arrêter.

— Tu as senti la pluie? demanda Christine.

— Je n'arrive toujours pas à le croire à propos de Meggie, commença Jean.

— Je sais, dit Christine en fronçant les sourcils. Si seulement…

— Elle allait bien hier soir quand je l'ai quittée. Elle paraissait tout à fait de bonne humeur.

— Hein?

Christine poussa un cri de surprise. Elle laissa tomber son sac sur le sol sablonneux.

— Qu'est-ce que tu veux dire?

Il la fixa, perplexe.

— J'ai dit que, quand je l'avais quittée…

La gorge de Christine se serra. Elle mit du temps à pouvoir parler.

— Tu étais avec elle hier soir? Pourquoi ne me l'as-tu pas dit? Tu l'as *vue*?

— Eh bien! oui, admit Jean. Nous sommes allés faire une promenade. J'étais certain qu'elle te l'avait dit.

— Elle ne m'a *rien* dit, répliqua Christine avec animation.

Elle lui jeta un regard accusateur.

— Elle m'a dit qu'elle allait prendre l'air. Elle n'a pas mentionné qu'elle allait te rencontrer.

La pluie se mit à tomber plus fort, crépitant sur la chaussée.

— Elle a frappé à ma porte, expliqua Jean en faisant fi de la pluie. Elle m'a dit qu'elle voulait s'excuser. Nous sommes allés faire une promenade dans la forêt derrière le motel. Nous avons bavardé un peu. Puis, nous sommes revenus.

— Non, ce n'est pas vrai ! l'accusa farouchement Christine.

Les yeux agrandis par la colère et la peur, elle poursuivit.

— Tu n'es pas rentré avec elle.

— Hein ?

Jean la dévisagea, troublé.

— Oui, je l'ai fait. Je l'ai raccompagnée jusqu'au motel.

— Tu l'as entraînée dans la forêt, l'accusa Christine en plissant les yeux, mais tu ne l'as pas ramenée. Elle n'est jamais revenue dans la chambre.

— Hé ! un instant !

Jean laissa tomber son sac sur le sol et avança vers Christine.

— *Ne t'approche pas de moi !* hurla-t-elle.

— Christine !

— Je suis *sérieuse* ! Ne t'approche pas de moi !

Elle fit un pas en arrière, puis un autre. Son t-shirt et ses cheveux étaient déjà trempés, mais elle ne semblait pas s'en apercevoir.

— Écoute, dit Jean calmement en la fixant dans les yeux. Tu perds la raison. Je n'ai pas…

— Où est-elle, Jean ? demanda Christine froidement. Où est Meggie ? Qu'est-ce que tu lui as *fait* hier soir ?

Chapitre 18

Jean ne fit aucune tentative pour répondre à la question de Christine. Il la dévisagea intensément, comme pour décider ce qu'il allait faire.

Christine l'observait froidement d'un air accusateur. Toutefois, son expression dure s'adoucit rapidement, trahissant sa peur. Elle fut secouée par un violent frisson en saisissant toute l'horreur de la situation.

— Christine… commença Jean.

Mais elle l'interrompit d'un geste de la main.

— Plus de mensonges, dit-elle dans un murmure.

La pluie s'intensifia, poussée par des bourrasques de vent froid.

Christine détourna les yeux vers la route.

Jean voulut la toucher, mais elle recula, furieuse et affolée à la fois.

— Ne me touche pas ! cria-t-elle d'un ton aigu. Je suis sérieuse, Jean.

— Écoute-moi, dit-il avec impatience.

Ses yeux se rétrécirent tandis qu'il la regardait

d'un air furieux. Son t-shirt imbibé lui collait à la peau. Ses cheveux

étaient trempés et la pluie ruisselait sur ses joues. Christine secoua violemment la tête.

— Je n'arrive pas à croire que je me suis laissé entraîner dans cette histoire, dit-elle. Je ne peux pas croire que je me trouve ici toute seule, dans ce coin perdu, sur cette route déserte, avec *toi*.

Jean était sur le point de répliquer, mais il s'arrêta.

Le premier coup de feu les fit crier tous les deux.

Au son du deuxième coup, ils plongèrent sur le sol mouillé et sablonneux.

Chapitre 19

Recroquevillé à côté de Christine, Jean leva la tête, puis s'agenouilla avec prudence.

— Qui est-ce ? cria Christine.

Elle s'était caché la tête dans ses mains.

— Qui est-ce qui nous tire dessus ? répéta-t-elle.

— Je ne vois personne, répondit Jean en scrutant la forêt de pins. C'est difficile de bien voir à cause de la pluie, mais…

— Quoi ? Qu'est-ce qu'il y a ? cria Christine.

Jean se protégea les yeux d'une main et fixa le bois, à leur droite, d'où deux hommes avaient surgi. Ils portaient tous deux des pantalons kaki, des blousons de camouflage verts et bruns ainsi que des casquettes de base-ball orangées.

Ils étaient tous les deux armés.

Jean bondit sur ses pieds, serrant les poings comme s'il se préparait pour une bagarre.

Christine se leva à contrecoeur, saisit son petit sac et l'éleva devant elle comme un bouclier.

Les deux hommes, tenant leurs fusils pointés vers le ciel de chaque côté d'eux, s'avancèrent rapidement.

— On vous a fait peur? demanda l'un d'eux au loin.

— Hé! nous ne vous avions pas vus, ajouta son compagnon.

Christine et Jean demeuraient cloués sur place tandis que les deux hommes approchaient.

— Des chasseurs, marmonna Jean en faisant la grimace.

— Nous chassons la perdrix, déclara le plus grand des deux en souriant à Christine d'un air penaud.

— Vous n'avez rien? demanda son compagnon.

— Nous avons cru que vous tiriez sur nous, dit Christine d'une voix chevrotante.

Elle tenait toujours son sac dans les airs.

— Qu'est-ce que vous faites ici tous les deux? demanda l'un des chasseurs en ne quittant pas Christine des yeux. Nous qui croyions être les seuls cinglés à rester dehors par un temps pareil! ajouta-t-il en s'étranglant de rire.

Les deux hommes rirent bruyamment, souriant à Christine.

— Nous faisons de l'auto-stop vers le nord, répondit Christine en évitant leur regard.

« Pourquoi me fixent-ils comme ça? se demanda-t-elle. Pourquoi me sourient-ils? »

Elle trembla de peur.

Ils étaient tous les deux armés. S'ils tentaient quoi que ce soit, Jean et elle seraient impuissants.

Même avec son tempérament bouillant, Jean ne pourrait pas faire grand-chose contre ces deux gaillards armés.

— Il n'y a pas beaucoup de circulation à cette heure matinale, dit le plus grand des deux hommes en tournant le regard vers la route.

— Vous aurez peut-être de la chance, déclara l'autre tout en dévisageant Christine.

— Oui, quelqu'un finira bien par avoir pitié de vous par ce temps pluvieux, approuva le premier. Vous êtes dans un état si lamentable, tous les deux.

De nouveau, les chasseurs éclatèrent de rire.

Le plus grand saisit son fusil à deux mains.

Christine tressaillit une nouvelle fois.

Mais il le posa rapidement sur son épaule.

— Encore une fois, nous sommes désolés, dit-il.

Son sourire s'effaça.

— Oui, désolés, répéta son compagnon. Bonne chance !

Ils se retournèrent et se dirigèrent vers la forêt, marchant à grands pas sur le sol sablonneux.

— Ils m'ont vraiment fait peur, déclara Christine d'une voix sourde sans regarder Jean.

— Ils n'étaient pas si effrayants, dit Jean.

Il passa une main dans ses cheveux mouillés et se tourna vers Christine.

— Maintenant, si tu veux bien m'écouter une minute…

Elle se renfrogna.

— Je veux la vérité, Jean. Je veux savoir à propos de Meggie.

Elle vit qu'il regardait par-dessus son épaule. Elle pivota et vit une voiture blanche approcher. Une Oldsmobile, peut-être.

Jean marcha sur la chaussée et leva le pouce. Christine se plaça derrière lui, frissonnant sous la pluie froide.

Jean agita la main, faisant signe au conducteur de s'arrêter.

La voiture passa devant eux.

Jean baissa la main, découragé.

Soudain, la voiture s'immobilisa dans un crissement de pneus, glissant sur la chaussée mouillée.

Jean la fixa comme s'il n'en croyait pas ses yeux.

L'automobile recula, puis s'arrêta à quelques mètres d'eux.

Jean et Christine coururent derrière la voiture blanche.

Les vitres étaient embuées. Le conducteur baissa la vitre du côté du passager.

— Où allez-vous?

— Au nord, répondit Christine en se penchant au-dessus de la vitre.

Le conducteur était un jeune homme aux cheveux bruns et courts clairsemés sur le devant. Il portait des lunettes à monture noire et était vêtu d'un polo à rayures jaunes et blanches et de jeans délavés.

— Je vais ouvrir le coffre, dit-il. Mettez-y vos affaires.

Jean et Christine s'exécutèrent. Puis, Christine monta à l'avant et Jean, à l'arrière.

— Beau temps pour faire de l'auto-stop, dit le jeune homme en essuyant la buée sur le pare-brise avec un vieux mouchoir en papier.

— Merci de t'être arrêté, dit Christine d'un ton

reconnaissant. Nous croyions que personne ne s'arrêterait.

Le conducteur sourit et tendit la main à Christine.

— Je m'appelle Alex, dit-il d'un ton joyeux.

Il retira vivement sa main.

— Tu es vraiment trempée.

Christine et Jean se présentèrent.

— Je m'en vais à Atlanta, déclara Alex en reprenant la route. Ça devrait vous permettre de vous sécher. D'où venez-vous?

— De Floride, répondit Christine. C'était une semaine de congé à l'école. Alors nous sommes allées à Fort Lauderdale.

— Rien que vous deux?

Il accéléra. Le moteur vrombit et le compteur indiqua bientôt quatre-vingt-dix kilomètres à l'heure.

— Non, mon amie Meggie et moi, répondit Christine. Une copine, ajouta-t-elle.

Alex acquiesça d'un air songeur, regardant droit devant lui.

— Je vais emprunter une autre autoroute, annonça Alex en ralentissant pour négocier un virage à gauche. Puis, ce sera tout droit jusqu'à Atlanta.

— C'est vraiment gentil, dit Jean en essuyant la vitre embuée pour voir à l'extérieur.

— Hé! Il fallait que je m'arrête, répondit Alex. Je ne pouvais tout de même pas vous laisser vous *noyer*!

Il sourit à Christine.

— De plus, j'apprécie la compagnie. La radio ne fonctionne pas et c'était si silencieux.

Quelques instants plus tard, Alex s'engagea sur une autoroute à quatre voies et fit monter l'indicateur de vitesse à cent kilomètres à l'heure.

La pluie continuait à tomber.

— Tu habites à Atlanta? demanda Jean.

Alex secoua la tête.

— Non, au sud. Et toi?

— Je viens de Key West, répondit Jean. Mais je pense à déménager.

— Key West est tellement touristique, fit remarquer Alex en grimaçant.

Jean approuva.

Ils roulèrent en silence durant un moment.

Soudain, la voix paniquée de Christine rompit le silence.

— Alex! Ce panneau indique que nous allons vers le sud!

Alex ne répondit pas.

Jean se pencha en avant, mais le panneau était maintenant hors de vue.

— Nous n'allons pas dans la bonne direction, dit Christine d'une voix aiguë. Nous roulons vers le sud.

— Je sais, dit Alex calmement.

Il regardait droit devant lui, impassible.

— Mais... pourquoi? Qu'est-ce qui se passe? demanda Christine.

— Oui, qu'est-ce qui se passe? répéta Jean à l'arrière.

Il mit une main sur l'épaule d'Alex.

— Tu as dit que tu allais vers le nord.

— J'ai menti, répondit Alex tout net.

— Où allons-nous? Qu'est-ce que ça veut dire? demanda Christine.

Elle avait la gorge serrée.

— C'est un petit détour, dit Alex.

D'un brusque coup d'épaule, il repoussa la main de Jean et appuya sur l'accélérateur.

— Où nous emmènes-tu? demanda Jean.

— Je veux vous montrer quelque chose, répondit Alex.

Un sourire étrange se dessina lentement sur son visage.

— Laisse-nous descendre! cria Christine. Arrête la voiture.

Elle tira la poignée de la portière, mais celle-ci était verrouillée.

— Nous ne voulons pas d'ennuis, dit Jean doucement.

Alex ne dit rien.

— Arrête la voiture! hurla Christine.

Son visage était déformé par la peur.

Ignorant ses supplications, Alex regardait droit devant lui. Il avança sa main droite vers le tableau de bord et tâtonna les commandes.

— Où se trouve le dégivreur? dit-il en se parlant à lui-même. Je déteste ces voitures de location.

— Ce n'est pas ta voiture? demanda Jean. C'est une auto louée?

— Je savais que vous alliez reconnaître la Taurus bleue, expliqua Alex d'un ton neutre. Alors j'ai loué cette voiture après vous avoir quittés hier soir.

Chapitre 20

— Laisse-nous descendre ! hurla Christine.

Poussant un cri de colère, elle agrippa le volant.

Alex mit les freins.

La voiture cahota et dérapa sur la chaussée glissante.

Des voitures klaxonnèrent.

Jean fut projeté en avant. Sa tête heurta l'appui-tête du siège de Christine. Puis, il fut projeté sur la banquette arrière.

Il leva les yeux et vit Alex donner un violent coup de coude à Christine, la repoussant sur son siège.

Christine hurla de douleur et lâcha le volant.

Une camionnette bleue à leur gauche donna un brusque coup de volant tandis qu'Alex s'efforçait de regagner sa voie.

D'autres véhicules klaxonnèrent.

— C'était une idée stupide, dit Alex en soufflant fort et en lançant un regard furieux à Christine.

— Je ne comprends pas, dit Jean en réfléchissant à ce qu'il devait faire. Je ne comprends vraiment pas.

— Allons donc ! fit Alex à voix basse en plissant

les yeux tandis qu'il regardait Jean dans le rétroviseur.

De nouveau, Christine saisit la poignée de la portière. Elle se retourna pour tirer le verrou.

De sa main droite, Alex lui saisit l'épaule et la fit pivoter.

— Laisse-moi descendre! cria Christine.

Elle se mit à faire des signes frénétiques au conducteur de la camionnette bleue.

Gardant sa main gauche sur le volant, Alex fouilla sous le siège et en retira un petit pistolet argenté.

— Peut-être allons-nous nous calmer maintenant, dit-il.

Christine eut le souffle coupé.

— Qu'est-ce que tu veux? demanda Jean à Alex en plaçant une main sur l'épaule tremblante de Christine.

Alex fronça les sourcils et ne répondit pas.

— Installez-vous et profitez de la balade, dit-il.

Il conduisait d'une main, tenant fermement le pistolet dans son autre main posée sur son genou.

— Nous sommes revenus en Floride, gémit Christine en essuyant la vitre couverte de buée avec sa main pour mieux voir les panneaux de signalisation.

— L'État ensoleillé! dit Alex calmement. Regardez, les nuages se dissipent, ajouta-t-il en arrêtant les essuie-glace.

— Pourquoi nous as-tu suivis hier soir? demanda Jean en se penchant en avant. Qu'est-ce que tu veux? De l'argent? Nous n'en avons pas.

— Ferme-la et assieds-toi, dit Alex d'un ton brus-

115

que en élevant son pistolet. Assez discuté. Fermez-la tous les deux.

Christine soupira bruyamment.

— Laisse-nous partir. Je t'en prie. Nous ne parlerons de tout ça à personne. Vraiment.

Alex frappa violemment le tableau de bord avec son pistolet, faisant sursauter Christine et Jean.

— Je vous ai dit de la fermer.

Christine poussa un petit cri de protestation, mais n'ajouta rien. Jean s'assit au fond de la banquette, s'efforçant d'établir un plan pour les sortir de ce pétrin.

«Je ferais peut-être mieux d'attendre que nous soyons descendus de la voiture», pensa-t-il.

«Mais où nous emmène-t-il donc?»

«Et *qui* est-il? se demanda Jean. Qu'est-ce qu'il nous veut? Est-ce un kidnappeur? Mais pourquoi donc voudrait-il *nous* kidnapper? N'enlève-t-on pas seulement les enfants de familles riches pour obtenir une grosse rançon?»

«Non, conclut Jean. Il ne s'agit pas d'un simple enlèvement.»

«Mais de *quoi* s'agit-il donc?»

Il observa Alex. «Il n'est pas si costaud, pensa Jean. Il n'a pas l'air de quelqu'un qui s'entraîne. Je peux probablement le maîtriser.»

«Le pistolet constitue toutefois un problème. Mais ce n'est pas grave.»

«Je n'ai qu'à attendre le bon moment.»

— Où nous emmènes-tu? demanda Christine

d'une voix douce et tremblante après quelques minutes de silence.

— Vous verrez, répondit Alex.

Il ralentit pour quitter l'autoroute.

«Je pourrais sauter», pensa Jean.

Ses muscles se contractèrent. Il saisit la poignée de la portière.

La voiture ralentit encore davantage pour effectuer un virage.

Jean inspira profondément.

Puis, il hésita et retira sa main.

Alex engagea la voiture sur un chemin étroit bordé de hêtres, de cyprès et de saules pleureurs. Aucune autre voiture n'était en vue. L'air devenait de plus en plus humide.

— Nous y sommes presque, dit Alex.

Il jeta un coup d'oeil à Christine.

— J'espère que ma petite cabane te plaira. En fait, elle appartient à un ami. Mais je sais qu'il n'aura pas d'objection à ce que nous l'utilisions. De toute façon, nous n'y resterons pas longtemps, ajouta-t-il d'un ton sinistre.

Christine se retourna pour regarder Jean, les yeux agrandis de terreur. Sa lèvre inférieure tremblait.

Jean posa un doigt sur ses lèvres comme pour lui dire de ne pas s'inquiéter.

Mais, tandis qu'ils avançaient dans la forêt, Jean sentit un frisson lui parcourir le dos.

Dans ce marécage isolé de tout, Alex pourrait faire d'eux ce qu'il voulait. Et il n'y avait aucun espoir que quelqu'un vienne à leur secours.

Aucun.

Les arbres étaient si touffus et enchevêtrés qu'il faisait maintenant noir comme le soir. Seuls quelques rayons de soleil parvenaient de temps en temps à pénétrer l'épais feuillage des arbres.

Alex immobilisa la voiture devant une petite cabane en bardeaux.

— Nous y sommes ! dit-il en se tournant vers Christine. Regarde comme c'est joli et intime. Pas de voisins pour nous importuner.

— Qu'est-ce que tu vas faire ? demanda Christine d'un ton effrayé.

Avec son pistolet, Alex désigna la portière du côté de Christine.

— Descends.

Christine hésita.

Alex leva son arme, menaçant de la frapper.

La gorge de Christine se serra et celle-ci saisit la poignée de la portière.

— Toi aussi, dit Alex à Jean.

Quelques secondes plus tard, ils se tenaient tous les trois devant la petite cabane.

Un seau en aluminium à moitié rempli d'eau de pluie se trouvait penché tout près de la porte. Plusieurs canettes de bière écrasées jonchaient le sol. Une canne à pêche sans moulinet était appuyée contre un mur.

Alex donna un coup de pied dans une canette.

— On dirait que mon ami est venu récemment.

Il se retourna, bâillant bruyamment, et s'étira en

se cambrant et en levant les mains au-dessus de sa tête.

— Oh! C'était une longue route.

«Voilà ma chance», pensa Jean en sentant les muscles de son cou se raidir.

«Il a le dos tourné. Je peux le prendre par surprise et le saisir à bras le corps.»

Jean n'hésita qu'un bref instant.

Puis, il se précipita sur Alex.

Chapitre 21

Tout en bondissant, Jean leva les bras pour saisir Alex à bras le corps.

Mais Alex pivota rapidement et donna un violent coup de genou dans le ventre de Jean.

— Euh !

Le coup chassa l'air de ses poumons.

En tombant à genoux, Jean tenta d'inspirer de l'air frais, mais la douleur était insupportable. Il ne pouvait plus respirer.

Il savait qu'il allait s'effondrer.

Tout était si brillant.

Puis, si sombre.

Jean ouvrit les yeux.

Tout était encore sombre.

Il cligna des yeux à deux reprises et commença à distinguer les choses autour de lui.

Il se trouvait dans la cabane. Une lueur pâle pénétrait par la seule fenêtre.

Il essaya de se lever, mais quelque chose le retenait.

— Christine? appela-t-il.

Elle était à côté de lui, assise sur une chaise en bois. Alex se tenait derrière elle, déroulant de la corde blanche.

«Je suis attaché», constata Jean.

Il était également assis sur une chaise en bois, les mains liées derrière son dos. Une corde était nouée autour de sa taille.

— Tu es de retour parmi nous? demanda Alex.

Un sourire apparut sur son visage mince.

— Qu'est-ce qui se passe? parvint à demander Jean.

Il avait mal au ventre. Il pouvait aussi sentir un battement dans ses poignets. La corde était si serrée.

— Tu as posé un geste très stupide, dit Alex d'un ton neutre, et tu as payé pour.

Il se planta devant Christine.

— Ne m'attache pas. Je t'en prie! implora Christine.

Alex tint pas compte de ses supplications et lui fit signe de lever les mains.

— Écoute, nous ne t'avons rien fait, dit Jean. Pourquoi fais-tu ça?

Soudain, l'expression de Christine changea. Elle plongea son regard dans celui d'Alex.

— Écoute, Alex. Je ferai quelque chose de vraiment gentil pour toi si tu nous laisses partir, déclarat-elle d'une voix haletante.

Alex hésita.

— Qu'est-ce que tu as dit ?

— J'ai dit que j'ai quelque chose pour toi.

Le ton de Christine était taquin, presque enjoué.

— Je te le donnerai si tu nous laisses partir. Ça vaut le coup, Alex. Vraiment.

— Christine… qu'est-ce que tu *racontes* ? s'exclama Jean.

Chapitre 22

— Je suis sérieuse, protesta Christine. Je te donnerai quelque chose si tu nous libères, Jean et moi.

— Qu'est-ce que c'est? demanda Alex en se penchant au-dessus d'elle d'un air menaçant.

— De l'argent, répondit Christine.

Elle jeta un regard furtif à Jean, qui détourna rapidement les yeux.

— De l'argent? répéta Alex d'un ton sceptique.

— J'en ai. Et beaucoup, dit Christine. Laisse-nous partir. Je te donnerai tout.

Alex se pencha au-dessus d'elle.

— Je t'avertis…

Jean ferma les yeux, réfléchissant.

Il savait que Christine n'avait pas d'argent. Elle le lui avait dit.

De quoi parlait-elle? Quel était son plan?

Essayait-elle de gagner du temps? Si c'était le cas, c'était stupide. Elle ne parviendrait qu'à rendre Alex encore plus furieux.

Jean parcourut la pièce du regard, à la recherche

d'un objet — n'importe quoi — qu'il pourrait utiliser contre Alex s'il en avait l'occasion.

Mais, mis à part une table en bois carrée, les deux chaises sur lesquelles Christine et lui étaient assis et une pile de vieux journaux dans un coin, il n'y avait rien.

— Montre-moi l'argent, dit Alex à Christine.

— Tu promets de nous laisser partir? demanda Christine.

— Oui, d'accord, répondit Alex. S'il s'agit d'une somme importante.

— L'argent est dans mon sac, dit Christine en désignant la voiture par la fenêtre. Dans le coffre.

Elle se leva.

— Est-ce que je vais le chercher?

Alex la saisit par les épaules et la fit se rasseoir avec rudesse.

— Ne te donne pas ce mal. Je vais y aller, dit-il.

Il tourna les yeux vers Jean.

— N'oubliez pas que j'ai toujours un pistolet. Ne faites pas un geste. Je ne plaisante pas.

Il traversa la cabane rapidement et sortit.

Jean se tourna vers Christine.

— Je ne comprends pas, murmura-t-il. Qu'est-ce que tu fais?

— Il nous laissera peut-être partir, chuchota Christine.

— Mais tu n'as pas d'argent… commença Jean.

Alex revint avec le sac et le laissa tomber lourdement sur les genoux de Christine.

— Montre-moi l'argent. Tu ferais mieux de ne pas m'avoir menti.

La main de Christine tremblait tandis qu'elle ouvrait la fermeture éclair de son sac. Elle fouilla parmi les vêtements froissés et en ressortit un portefeuille brun.

— Tiens, dit-elle.

Jean fixa le portefeuille, ahuri.

— Il y a presque mille dollars là-dedans, dit Christine.

Alex lui arracha brusquement le portefeuille de la main.

— Vas-y, compte, dit Christine.

Jean était bouche bée. Il se tourna vers Christine, incrédule.

— C'est le portefeuille de Paul! s'écria-t-il. Tu as volé le portefeuille de mon cousin!

— Ferme-la, dit-elle d'un ton rude. Il n'avait qu'à ne pas le laisser traîner.

— Pas étonnant que Meggie et toi ayez pensé que c'était Paul qui nous poursuivait! dit Jean en secouant la tête.

— Ferme-la, tu m'entends? Ferme-la, répéta Christine brusquement.

— Oui, il y en a pour mille dollars, dit Alex en pliant la liasse de billets en deux et en l'enfouissant dans la poche de son pantalon.

Il lança le portefeuille à l'autre bout de la cabane.

— Tu peux les prendre, dit Christine en dévisageant Jean d'un air provocateur.

— Je n'arrive pas à le croire, marmonna Jean.

— Je les ai déjà pris, dit Alex en souriant.

— Alors, tu vas nous laisser partir? demanda Christine d'un ton plein d'espoir.

— Bien sûr. D'accord. Vous pouvez partir, dit Alex.

Chapitre 23

— Nous pouvons partir ? demanda Christine d'un ton hésitant.

Elle s'apprêtait à se lever.

Un sourire déplaisant se dessina sur le visage d'Alex. Il se tenait debout au centre de la cabane, attendant que Christine fasse un mouvement.

— Tu mentais, dit Christine.

Elle baissa les yeux, désappointée, et de longues boucles en tire-bouchons tombèrent devant sa figure.

— Oui. Je mentais, répondit Alex. Mais je te remercie pour l'argent. Je ne l'aurais peut-être pas trouvé en fouillant dans tes affaires plus tard.

— Plus tard ? Qu'est-ce que tu vas nous faire ? demanda Christine en levant la tête pour le fixer.

Il haussa les épaules en guise de réponse.

— Croyais-tu vraiment que j'allais vous laisser partir ? demanda-t-il d'un ton railleur. Croyais-tu vraiment que cette somme était suffisante pour payer pour ce que vous avez fait ? demanda Alex en se penchant au-dessus de Christine.

— Quoi? s'écria Christine. Qu'est-ce que *j'ai* fait? Dis-le-moi!

Il lui jeta un regard haineux, haletant, mais ne répondit pas.

En silence, Jean remua les mains derrière son dos, essayant de desserrer la corde. Mais celle-ci semblait se resserrer quand il bougeait, lui meurtrissant douloureusement les poignets.

Alex prit un bout de corde.

— Mets tes mains derrière ton dos, ordonna-t-il à Christine.

Celle-ci ne bougea pas. Elle regarda Alex d'un air furieux.

— Dis-nous seulement pourquoi tu fais ça.

— Les mains derrière le dos, répéta Alex en faisant claquer la corde devant Christine.

Elle secoua la tête.

— Pourquoi nous as-tu suivis? Pourquoi nous as-tu kidnappés?

— Je crois que tu sais pourquoi, dit Alex. Tes mains! cria-t-il.

Voyant qu'il commençait à perdre son sang-froid, Christine obéit.

Alex se plaça derrière la chaise et lui noua rapidement les poignets.

— Ne vas-tu pas répondre à ma question? Pourquoi fais-tu ça?

— Est-ce qu'il va falloir que je te donne un indice? cria-t-il.

Et si je te dis que je m'appelle Alex Eckridge, ça te dit quelque chose?

— Non! cria Christine en secouant la tête. Non, non, non!

— Alex Eckridge! répéta Alex en hurlant.

— Non. Je ne te *connais* pas! insista Christine. Des larmes roulaient sur ses joues.

— Et bien moi, je *vous* connais, ton amie et toi! déclara Alex en s'avançant vers elle. C'est vous qui avez tué mon père!

Chapitre 24

— Maintenant, sais-tu pourquoi tu es ici ? cria Alex.

Ses yeux faisaient saillie derrière ses lunettes et son visage était cramoisi.

— Non ! répondit Christine en secouant énergiquement la tête. Je ne connais pas ce nom. Je ne te connais pas ! Tu te trompes !

— Roger Eckridge ! hurla Alex de nouveau. Vous l'avez tué, ton amie et toi !

— Je n'ai tué personne ! protesta Jean.

— Pas toi, dit Alex en se tournant vers Jean.

Il paraissait étonné, comme s'il avait oublié la présence de Jean.

— Pas toi. Elle, dit-il en désignant Christine. Et sa copine.

— Meggie ? cria Christine. Qu'est-ce que tu sais à propos d'elle ?

— Je me suis déjà occupé de Meggie, dit Alex en baissant le ton.

Christine laissa échapper un sanglot.

— C'est une erreur, dit Jean en s'efforçant de maîtriser sa voix. Si quelqu'un a tué ton père…

— *Elle* et sa copine ont tué mon père, dit Alex en agitant un doigt devant Christine.

— Non! protesta-t-elle.

Elle se tourna frénétiquement vers Jean. «Qu'est-ce que nous allons faire?» semblait-elle vouloir dire. «Comment le convaincre qu'il commet une erreur?»

Jean la fixa, perplexe.

«Alex est fou», se dit-il.

«Il est fou. Et nous allons mourir.»

— J'avais si souvent mis papa en garde contre les auto-stoppeurs, dit Alex.

Il ne paraissait plus en colère, mais excité. Il marcha jusqu'à la fenêtre, se retourna et s'assit sur l'appui de la fenêtre, bloquant la lumière du soleil.

— Alex, écoute… commença Christine.

— J'avais prévenu papa, répéta Alex en ne prêtant aucune attention à Christine. Je lui répétais encore et encore à quel point c'était imprudent de faire monter des gens dans sa voiture de nos jours. Mais papa ne m'écoutait pas. Malgré toutes les histoires d'horreur que l'on lit chaque jour dans les journaux, papa voulait toujours croire que les gens étaient bons.

Alex fouilla dans la poche de son pantalon et en retira son pistolet.

— Je lui ai dit un millier de fois de ne pas s'arrêter pour des auto-stoppeurs, continua-t-il. Mais c'était une habitude dont il ne pouvait se défaire.

Voyez-vous, mon père était bon. C'est un mot qu'on n'entend plus souvent de nos jours. Bon.

Il jeta un regard courroucé vers Christine.

— Tu ne connais probablement pas ce mot, n'est-ce pas?

Les joues de Christine étaient pâles et mouillées de larmes.

— Alex, laisse-nous t'aider, supplia-t-elle. Allons au poste de police. La police trouvera ceux qui ont *vraiment* tué ton père.

—Oui, papa était bon, poursuivit Alex.

Il ne semblait pas entendre Christine, fixant les lattes du plancher tout en parlant.

— Il aimait aider les autres. Voilà pourquoi il s'arrêtait pour les auto-stoppeurs. Il disait qu'ils semblaient toujours si seuls, si désespérés, si misérables. Voilà pourquoi il était incapable de continuer sa route. Voilà pourquoi il *vous* a fait monter, ta copine et toi, ajouta-t-il en se tournant vers Christine.

— Ce n'était pas nous! cria Christine en tentant de se détacher les mains. Tu dois me croire. Ce n'était pas Meggie et moi! C'était Jean! C'est Jean qui a tué ton père! Je *sais* que c'est lui!

Chapitre 25

— Jean a tué ton père ! cria Christine.

— Hé !

Jean poussa un cri étonné.

Il se tourna vers Christine, mais celle-ci ne lui prêta aucune attention.

— Il faut me croire, Alex. Jean m'a raconté toute l'histoire. Il m'a dit comment il avait tué ton père !

Alex bondit sur ses pieds et fit un pas vers Jean. Puis un autre.

— Hé ! c'est *ridicule* ! cria Jean.

Il dévisagea Christine.

— Christine, qu'est-ce qui te *prend* ? Pourquoi as-tu dit ça ?

— Parce que c'est vrai ! rétorqua Christine. Dis-lui, Jean. Raconte-lui comment tu as tué son père.

Alex fit un autre pas dans la direction de Jean, l'air menaçant.

— Christine ! Tu es une menteuse ! cria Jean d'une voix étranglée par la panique.

— Tu me crois, n'est-ce pas, Alex ? demanda Christine.

— Non, je ne te crois pas, répondit Alex doucement.

— Mais Jean m'a tout raconté! insista Christine d'une voix perçante.

— Je ne te crois pas parce que j'étais là, expliqua Alex calmement. J'étais là, Christine, et je vous ai vues, ta copine et toi.

— Non, c'est impossible. C'était Jean… commença Christine.

Mais Alex la fit taire en la menaçant de son pistolet.

Elle eut le souffle coupé.

— Tu étais là?

Alex fit un signe affirmatif.

— Papa rentrait à la maison, dit Alex en se grattant la tempe avec le canon du pistolet. Moi, j'allais lui rendre visite. Je vous ai vues, ton amie et toi, le pousser hors de la voiture. Vous l'avez jeté sur le bord de l'autoroute et avez filé. Je voulais vous poursuivre, mais il a fallu que je m'arrête pour prendre soin de papa.

— Non! cria Christine! Non! Non! Non!

Elle secoua violemment la tête, les yeux fermés.

— Oui, insista Alex. Meggie a tout avoué, continua Alex. Ce matin. Avant que je m'occupe d'elle.

— Que tu t'occupes d'elle? répéta Jean d'une voix étouffée.

— Avant que je ne la punisse pour son crime, expliqua Alex en fixant Christine.

Les épaules de Christine se soulevèrent et tout son corps fut secoué par un sanglot bruyant.

— Je suppose que tu vas me dire à quel point tu es désolée, dit Alex sèchement.

— Je ne voulais pas le tuer ! lâcha Christine.

De grosses larmes brillaient sur ses joues et coulaient sur son t-shirt.

La gorge de Jean se serra.

«Je n'arrive pas à le croire», pensa-t-il.

«Pendant tout ce temps où je roulais avec Meggie et Christine et où il était question, au bulletin de nouvelles, de ce vieil homme tué par un auto-stoppeur, *elles* savaient…»

«J'ai été si stupide», se dit Jean.

«J'étais si attiré par Christine. J'ai même cru qu'elle m'aimait.»

— Je ne voulais pas le tuer, dit Christine d'une voix tremblante d'émotion. Tu dois me croire. Je ne voulais pas le frapper si fort. Ma main a glissé, c'est tout. Sa tête a… craqué.

Alex se tenait devant elle sans dire un mot, attendant qu'elle poursuive.

— Meggie et moi voulions seulement la voiture, continua Christine en haletant et en fixant le sol. Nous étions si fatiguées de faire de l'auto-stop, si fatiguées de tous ces garçons qui s'arrêtaient et nous harcelaient. Nous n'avions pas d'argent, poursuivit-elle. Ces garçons que nous avons rencontrés sur la plage de Fort Lauderdale, ils nous ont volé notre argent. De gentils garçons, n'est-ce pas ? Meggie et moi n'avions pas assez d'argent pour appeler nos parents.

— Alors vous avez décidé de profiter d'un homme âgé, dit Alex avec amertume.

— Mais nous ne voulions pas le tuer. Tu dois me croire.

— Je l'ai conduit à l'hôpital, dit Alex, puis je suis reparti vers le nord. J'ai pensé que vous seriez trop idiotes pour vous débarrasser de la voiture.

Christine acquiesça tristement.

— Nous aurions dû l'abandonner plus tôt. Meggie et moi nous disputions à ce sujet. J'ai dit à Meggie que nous ne pouvions pas garder la voiture si longtemps. Mais elle insistait pour que nous continuions notre route.

— Où est la voiture? demanda Alex d'un ton enragé.

Il éleva son pistolet et fit un pas vers Christine.

— Pourquoi faisiez-vous de l'auto-stop ce matin? Où est la voiture de mon père?

— Je... je l'ai cachée hier soir, bégaya Christine.

— Hein? cria Jean d'un ton surpris.

Elle se tourna vers lui.

— J'ai convaincu Meggie de t'entraîner dans la forêt hier soir. Je savais qu'il fallait abandonner la voiture puisque nous étions suivis. Mais je ne voulais pas que tu soupçonnes quoi que ce soit. Pendant que tu te trouvais avec Meggie, j'ai pris la voiture et je l'ai cachée.

Le visage de Christine s'éclaira soudain. Elle se tourna vers Alex.

— Je vais te montrer où elle se trouve, dit-elle. Détache-moi.

Alex la fixa, étudiant son visage.

— Pas question, dit-il doucement. J'ai d'autres projets pour toi.

Chapitre 26

— Papa était si gentil, dit Alex. Si gentil. Il cherchait toujours le bon côté des gens. Même quand il n'y en avait pas.

Il donna une forte poussée dans le dos de Christine. Elle faillit trébucher.

— Avancez, ordonna Alex.

Sous la menace du pistolet, il les avait obligés à sortir de la cabane, les mains toujours liées derrière le dos, et à emprunter un sentier de terre traversant un enchevêtrement d'arbres et de plantes rampantes et menant au sommet d'une colline.

Le soleil commençait à baisser. L'air était toujours chaud et humide.

— Avancez, répéta Alex d'un ton impatient.

Il marchait quelques mètres derrière eux, son pistolet braqué sur leur dos.

— Je veux vous montrer quelque chose d'intéressant.

— Confie-nous à la police, je t'en prie ! supplia Christine.

— La police n'est pas très compétente en ce qui

concerne ce genre d'histoire, répondit Alex d'un ton neutre. De plus, la justice met trop de temps à punir les coupables.

— Qu'est-ce que tu veux dire? demanda Christine d'une voix chevrotante.

— Tu verras, répondit Alex d'un ton cassant.

« Où nous emmène-t-il ? se demanda Jean. Qu'est-ce qu'il veut bien nous montrer sur ce terrain marécageux ?»

Christine l'effleura en gravissant le sentier. Elle leva les yeux vers lui, mais Jean se détourna vivement et avança à grandes enjambées pour s'éloigner d'elle.

«Elle s'est moquée de moi assez longtemps», se dit-il.

Il pensa à tous ces baisers. À cette nuit chez Paul… À leurs caresses sur la banquette arrière tandis que Meggie conduisait…

«Et maintenant, elle essaie de convaincre Alex que c'est *moi* qui ai tué son père.»

«Je ne joue plus à ce petit jeu-là, Christine», pensa Jean avec amertume.

Sa gorge se serra. «Je vais probablement *mourir* à cause d'elle», se dit-il. À cette pensée, il s'arrêta au beau milieu du sentier, suffoquant.

«Je vais mourir. Sans raison.»

— Avancez, aboya Alex avec impatience en agitant son pistolet. Jusqu'en haut !

Des moucherons bourdonnaient autour du visage de Jean. L'un d'eux lui entra dans l'oeil. Les mains liées, il ne pouvait le chasser.

— Ce terrain appartient à un de mes amis, dit Alex. La cabane aussi. Jack et moi l'utilisons parfois quand nous venons pêcher.

Christine et Jean demeurèrent silencieux. Ils avaient presque atteint l'extrémité du sentier.

— C'est grâce à lui que j'ai découvert cet endroit.

— Je t'en prie! supplia Christine en s'arrêtant et en se retournant vers Alex. Je t'en prie… la police.

— Mon ami Jack a un passe-temps très inhabituel, poursuivit Alex sur le ton de la conversation. Tous ceux que j'amène ici trouvent ça pas mal étonnant. Pas mal étonnant.

— J'ai de l'argent! Beaucoup! Combien veux-tu? continua Christine. Mes parents sont très riches. Je t'en prie! Écoute-moi!

— Nous y voilà! Nous sommes allés aussi loin que cela est possible.

Le sentier se terminait abruptement. Ils se trouvaient sur le bord d'un précipice.

À contrecoeur, Jean baissa la tête et regarda en bas.

Il y avait un grand étang d'eau brun-vert au fond du précipice.

— Regardez, insista Alex. C'est plus profond que vous ne le pensez.

Christine frissonna et poussa un petit cri d'effroi.

— Croyez-le ou non, c'est un étang d'eau douce, continua Alex en se tenant juste derrière Christine. Il faut que ce soit de l'eau douce, vous comprenez, à cause du passe-temps de Jack. Regardez.

Christine et Jean obéirent et baissèrent les yeux.

— Les piranhas ont besoin d'eau douce, déclara Alex d'un ton neutre. Jack en fait l'élevage. Vous avez déjà entendu parler des piranhas?

Jean hocha la tête mais ne dit rien. Un frisson lui parcourut le dos quand il commença à comprendre le sort qu'Alex leur réservait.

— *Je t'en prie!* gémit Christine.

— Jack est un bon gars, mais il a un défaut. Il ne nourrit pas suffisamment ses piranhas. En fait, ils sont affamés.

Jean expira bruyamment.

«Il nous torture délibérément», se dit-il.

Il tenta une nouvelle fois de défaire ses liens, mais la corde lui coupait les poignets. Il laissa échapper un gémissement de douleur.

Le bruit attira l'attention d'Alex.

— Dommage pour toi, vieux, dit-il doucement. On pourrait dire que tu t'es trouvé au mauvais endroit au mauvais moment.

— Tu vas me laisser partir? demanda Jean en fixant Alex froidement.

Celui-ci secoua la tête.

— Je ne peux pas faire ça, n'est-ce pas? Mais je vais te donner une chance.

— Une chance? demanda Jean d'un ton hésitant.

— Oui. Je vais te laisser sauter le deuxième.

Alex pouffa de rire, comme s'il venait de raconter une bonne plaisanterie.

Christine haletait bruyamment. Son corps tout entier tremblait.

— Ton amie Meggie a passé un mauvais quart d'heure ce matin, lui dit Alex. Tu aurais dû entendre tous ces remous.

Il retira un canif de la poche de son pantalon et en sortit la lame.

— Attendez, dit-il. Je vais vous détacher les mains et ainsi vous donnez une chance de vous en sortir. Nous verrons si vous parviendrez à regagner la rive à la nage.

Il coupa les liens de Christine, puis ceux de Jean.

Il remit le canif dans sa poche et pointa son pistolet dans le dos de Christine.

— Tu sautes ou je te pousse ? demanda-t-il.

L'expression sur son visage était dure et sa voix, basse et menaçante.

— Je t'en prie ! cria Christine en tremblant de la tête aux pieds.

— Tu sautes ou je te pousse ? répéta Alex.

Christine se tira les cheveux frénétiquement.

— Oh ! je t'en prie.

— D'accord. C'est moi qui décide, alors, dit Alex.

Il rejeta les bras en arrière et donna une violente poussée à Christine.

Chapitre 27

Tandis qu'Alex s'élançait, Christine se laissa tomber à genoux.

— Non ! hurla Alex.

Mais il ne put s'arrêter.

Dans son élan, il tomba dans le précipice.

Il leva les deux bras comme s'il essayait de s'agripper à quelque chose.

Jean vit l'expression de surprise sur le visage d'Alex se changer rapidement en regard terrifié. Puis, Alex plongea dans le vide en agitant les bras frénétiquement. Désespérément.

Il tomba dans l'eau brun-vert avec un floc bruyant, puis disparut dans l'eau trouble.

L'étang paisible prit soudain vie.

En se penchant au-dessus des eaux agitées, Jean vit des douzaines et des douzaines de petites ombres apparaître juste sous la surface de l'eau et se précipiter dans une même direction.

La tête d'Alex émergea, puis ses bras s'agitèrent comme s'il tentait de grimper sur une échelle.

D'innombrables ombres fonçaient sur lui de toutes parts.

Les bras d'Alex battaient l'eau.

Alex ouvrit la bouche dans un cri silencieux avant de disparaître de nouveau sous la surface de l'eau.

Puis, sa tête resurgit. Son corps se tortillait, comme s'il combattait un ennemi invisible.

Jean, fixant la scène avec horreur et fascination, aperçut soudain une plaie profonde dans le dos d'Alex. Puis une autre. Et des coupures sur ses bras. Et une entaille profonde dans son flanc.

Se débattant férocement, ses bras battant l'air, Alex s'enfonça de nouveau.

« C'est comme s'il était aspiré », pensa Jean.

Puis, il vit que l'eau était maintenant rouge. Rouge sang.

Rouge comme le sang d'Alex.

Des flaques rouges s'agrandissaient à la surface de l'eau.

Alex réapparut une autre fois.

Il leva un bras en l'air tandis que l'autre pendait mollement dans l'eau rouge.

De gros morceaux de chair avaient été dévorés. Alex flottait au milieu d'un cercle de sang foncé. Sa tête dansait sur l'eau, telle une bouée, couverte de plaies sanglantes.

Jean vit une entaille profonde dans la gorge d'Alex et un os qui faisait saillie sur son épaule. Ses jambes décharnées flottaient à la surface, immobiles.

Maintenant qu'Alex ne se débattait plus, Jean put entendre le claquement des dents qui mordaient, mâchaient, déchiquetaient la chair.

Puis, ce qu'il restait du corps d'Alex disparut.

Les ombres obscures continuèrent à mordre et à mâcher.

Jean s'obligea enfin à détourner le regard et se pencha vers Christine, qui n'avait pas bougé. Elle était toujours à genoux, le visage enfoui dans ses mains, tremblant de la tête aux pieds.

— Il est mort, annonça Jean en s'agenouillant près d'elle.

Elle ne réagit pas.

Jean crut d'abord qu'elle pleurait. Mais lorsqu'elle retira ses mains, il constata que son visage était sec et ses yeux, clairs.

— Alex est mort, répéta Jean. Les piranhas… l'ont dévoré.

— Comme c'est horrible ! murmura-t-elle en fixant le sol.

— Tu peux te lever ? demanda Jean.

Il lui tendit la main pour l'aider à se relever.

— Il faut qu'on parte d'ici.

Christine leva les yeux vers lui, l'air perplexe.

— Partir d'ici ?

Jean acquiesça.

— Il faut avertir la police. Nous devons leur dire à propos d'Alex. Et de Meggie.

Christine continua à le fixer. Elle ne fit aucune tentative pour se relever. Puis, secouant la tête, elle baissa les yeux.

— Christine ? Est-ce que ça va ? Tu peux te lever ?

Il se releva et lui tendit la main encore une fois.

— Partons d'ici, insista-t-il. Je veux m'en aller aussi loin que possible de cet endroit.

— Mais tu ne peux pas, dit-elle calmement.

— Hein ?

— Tu ne peux *pas* partir, déclara Christine.

Elle se pencha et saisit quelque chose sur le bord du précipice.

Le pistolet d'Alex.

Elle le braqua sur Jean.

Sa main ne tremblait plus maintenant, remarqua Jean.

— Tu ne peux pas partir, Jean, répéta-t-elle. C'est l'heure de la baignade pour toi aussi.

Chapitre 28

— Hé ! attends !

Jean fit un pas en arrière. Puis un autre.

Christine se leva rapidement.

— Ne t'enfuis pas, dit-elle calmement.

Elle pointa son arme sur sa poitrine.

— Mais pourquoi ? cria-t-il.

— C'est une question stupide, dit-elle avec un sourire méprisant. Tu es stupide, Jean.

— Oui, tu as raison, dit-il.

Il leva les bras en croix.

— D'accord, d'accord. Oublions la police, Alex et son père. Oublions tout. Partons seulement d'ici.

Christine secoua la tête.

— Pas *nous. Je* pars d'ici, dit-elle froidement.

— Nous partirons chacun de notre côté, dit Jean en regardant la forêt sombre par-dessus l'épaule de Christine. Nous ne nous reverrons plus jamais et ne parlerons de tout ça à personne. À personne. D'accord ?

Elle baissa le pistolet à la hauteur de sa taille.

— Pas question, dit-elle catégoriquement.

Le regard inexpressif, elle l'observait froidement à travers ses boucles blondes entremêlées.

— Christine, je te le promets. Mes lèvres sont scellées. Sois raisonnable.

— Je le suis, dit-elle. Tu es la seule personne qui sait ce qui s'est passé cette semaine, Jean. Le seul qui sait à propos du vieil homme, de la voiture volée et d'Alex.

— Oui, je sais. Mais…

Jean regardait toujours par-dessus l'épaule de Christine.

— Donc, si tu vas nager avec les piranhas, il n'y aura plus que moi qui connaîtrai la vérité, dit Christine. Je pars d'ici, Jean. Je m'en vais, mais pas toi.

Elle leva le pistolet et fit un geste vers le précipice.

— Saute, Jean. Tout de suite.

— Christine, attends !

— Saute. Ne m'oblige pas à tirer d'abord.

— Christine !

— Tu auras peut-être de la chance. Tu te noieras peut-être avant que les piranhas ne t'attaquent.

— Et si je ne saute pas ?

Il fit un pas vers elle.

Elle braqua le pistolet sur sa poitrine.

— Je vais compter jusqu'à trois. Si tu ne sautes pas, je vais tirer. Puis, je te pousserai en bas.

— Quel sang-froid ! dit Jean en secouant la tête.

— N'essaie pas de gagner du temps, dit Christine doucement.

— Je ne peux pas croire que tu vas appuyer sur la détente, dit-il.

— Ne me défie pas, rétorqua-t-elle. Tu perdras à ce petit jeu.

Elle désigna le précipice avec le pistolet.

— Un.

— Allez, Christine… Toi et moi…

Elle eut un rire méprisant.

— Tu es vraiment stupide, Jean. Deux.

— Tu ne tireras pas sur moi, insista-t-il.

— Oui, je le ferai, répliqua-t-elle. Puis, je partirai d'ici.

— *Non, tu ne partiras pas !* déclara une voix derrière Christine.

Chapitre 29

Christine se retourna brusquement en entendant la voix.

Une silhouette déchiquetée et maculée de sang marchait vers eux en titubant.

Christine la reconnut immédiatement.

— Meggie ! cria-t-elle.

Traînant une jambe, Meggie avançait d'un pas lourd. Jean l'avait vue approcher par-dessus l'épaule de Christine, attendant qu'elle se manifeste. Il vit qu'elle tenait une grosse roche blanche.

— Meggie ! répéta Christine. Mais... comment ?...

Les cheveux foncés de Meggie pendaient, mouillés et tout emmêlés, autour de son visage. Ses bras et ses jambes étaient couverts de plaies béantes. Ses jeans coupés et son corsage étaient déchirés et tachés de sang. Un côté de sa figure était barbouillé de sang brun et séché.

Sans tenir compte des cris de surprise de Christine, Meggie avança en chancelant.

— Meggie, non ! Qu'est-ce que tu *fais* ? hurla Christine en reculant vers le bord du précipice.

Lançant un regard furieux vers Christine, une lueur sauvage dans les yeux, Meggie éleva la roche, haletant bruyamment à chaque pas.

Christine recula d'un autre pas.

— Meggie… non !

En grognant, Meggie souleva la roche au-dessus de sa tête, s'apprêtant à la lancer sur Christine.

«Si Christine recule encore d'un pas, elle tombera dans le précipice», pensa Jean en observant la scène, horrifié. «Elle est si effrayée et si étonnée de voir Meggie en vie qu'elle en oublie le pistolet dans sa main.»

«Je suis sauvé», pensa Jean avec reconnaissance.

«Encore un pas en arrière, Christine. Un pas et Meggie et moi partirons d'ici !»

En poussant un grand cri, Meggie rejeta les bras en arrière pour lancer la roche.

Mais, au grand étonnement de Jean, Christine fit un brusque mouvement vers l'avant. Laissant tomber le pistolet, elle saisit les bras levés de Meggie et la fit basculer dans le vide.

Jean eut le souffle coupé en entendant Meggie plonger dans l'étang dans un grand éclaboussement.

«C'en est fait de Meggie, cette fois», pensa-t-il.

Christine avait déjà ramassé le pistolet.

— Il n'y a plus personne pour te sauver maintenant, dit-elle en haletant.

Elle désigna le précipice avec son pistolet.

— Vas-y. Saute.

Chapitre 30

— Saute ! cria Christine.

Jean sentit la colère monter en lui et chasser sa peur.

Il fit un pas vers le bord du précipice. Puis, un autre.

— Saute ! répéta Christine.

Jean donna alors un violent coup de pied à Christine, qui ne put réagir à temps. La chaussure de Jean la heurta au poignet. Elle hurla de douleur et de surprise. Le pistolet vola et tomba dans le précipice.

Ils l'entendirent tous les deux tomber dans l'eau avec un gros plouf.

Puis, ils engagèrent la bataille, se débattant sur le bord du précipice, gémissant et criant tandis qu'ils luttaient et se poussaient, essayant de faire basculer l'autre dans le vide.

— Non ! Non ! Non ! hurla Christine lorsque Jean entoura sa taille de ses bras puissants pour lui faire perdre l'équilibre.

— Ohhh !

Il étouffa un cri de douleur quand elle lui donna

un violent coup de genou dans le ventre. Il suffoqua. Ses muscles se relâchèrent. Il tomba à genoux.

«Je suis mort», pensa-t-il.

Elle se tenait devant lui, prête à en finir.

Il baissa la tête... et vit une main apparaître derrière Christine — une main tendue surgissant du précipice.

La main agrippa la cheville de Christine...

Et tira.

Christine ouvrit toute grande la bouche, horrifiée, lorsqu'elle perdit l'équilibre et tomba dans le précipice.

Jean entendit un bruit d'éclaboussement. Puis, les appels à l'aide, les eaux tumultueuses, le claquement des dents des piranhas. Les cris, de plus en plus déchirants et pitoyables.

Puis, le silence.

En se penchant au bord du précipice, il vit Meggie accrochée à une racine d'arbre. Il la saisit par une main, puis par l'autre, et tira avec toute la force qu'il lui restait.

— Aide-moi, gémit Meggie en rampant sur le sol et en s'effondrant sur le ventre.

Elle leva un bras ensanglanté vers Jean.

— Je t'en prie.

— Je t'ai entendue tomber, balbutia Jean en s'efforçant de se remettre les idées en place. J'ai entendu l'éclaboussement.

— C'était la roche, dit Meggie. Elle est tombée. J'ai tendu les mains et agrippé une racine d'arbre. Ohhh ! Je t'en prie, aide-moi.

— Il y a sûrement un hôpital pas loin d'ici, dit Jean. Nous prendrons la voiture d'Alex.

Les derniers cris angoissés de Christine résonnant encore dans ses oreilles comme une sirène de police, il se pencha pour aider Meggie à se relever.

Les deux policiers firent un signe de tête à Jean en sortant de la chambre de Meggie. Ils avaient déjà interrogé Jean durant des heures. Il leur avait patiemment raconté tout ce qu'il savait, tout ce qui lui était arrivé depuis qu'il était monté dans la voiture de Meggie et de Christine. Maintenant, ils quittaient enfin la chambre de Meggie après avoir questionné la jeune fille.

Jean les suivit du regard le long du couloir de l'hôpital tandis qu'ils jetaient des coups d'oeil sur leurs blocs-notes tout en discutant. Lorsqu'ils eurent tourné le coin et furent hors de vue, Jean entra dans la chambre de Meggie.

Celle-ci lui sourit. Elle avait des points de suture sur une joue. Le drap était remonté presque jusque sous son menton.

— Je suis seulement venu te dire au revoir, dit Jean en se tenant maladroitement dans l'embrasure de la porte.

Elle lui fit signe de s'asseoir sur la chaise pliante qui se trouvait contre le mur.

— Non, il faut vraiment que je m'en aille, lui dit-il.

Pourquoi transpirait-il tant quand il allait dans un hôpital ?

— Merci de m'avoir amenée jusqu'ici, dit Meggie d'un ton timide.

Je suppose que tu regrettes d'être monté avec nous.

— Oui, je le regrette, répondit-il honnêtement avant de sourire.

— J'ai tenté de persuader Christine de tout raconter à la police, dit Meggie en fronçant les sourcils. J'ai vraiment essayé. Après qu'elle eut frappé le vieil homme, je ne voulais pas continuer. Je voulais que nous nous rendions à la police. Voilà pourquoi nous nous disputions tout le temps.

Jean se gratta la tête. Il s'appuya contre le mur.

— Je suis si stupide, dit-il en souriant. J'ai cru que vous vous querelliez à propos de *moi*.

Meggie rit.

— Aïe ! Ne me fais pas rire ! cria-t-elle. Comment peux-tu être si vaniteux ?

Jean haussa les épaules.

— Je ne voulais pas qu'on s'arrête pour te faire monter, dit Meggie. Je savais que Christine et moi avions de gros ennuis. Je ne voyais pas de raison de t'impliquer dans cette histoire. Mais Christine pensait que ce serait amusant. Elle disait qu'elle avait envie de se distraire.

— J'étais donc une distraction pour elle ? s'exclama Jean.

— Nous nous sommes disputées à ce sujet, mais j'ai perdu. C'est pourquoi j'étais si distante avec toi au début. Je tentais de te prévenir que tu t'étais mis dans le pétrin.

— Et ce soir-là, au motel? Tu es venu dans ma chambre et…

— C'est Christine qui m'a convaincue de faire ça, expliqua Meggie. Nous nous disputions pour déterminer si nous devions ou non abandonner la voiture. Finalement, c'est elle qui a gagné. Elle voulait que je t'éloigne afin qu'elle puisse aller cacher la voiture. Et ensuite, au retour de notre promenade dans la forêt, elle…

Sa voix se brisa et ses yeux s'emplirent de larmes.

— Elle m'a demandé si je voulais savoir où elle avait caché la voiture. J'ai dit que non, que ça ne m'intéressait pas. Mais elle a insisté pour que je l'accompagne. Elle m'a conduite dans la forêt, puis m'a dit qu'elle ne pouvait pas prendre le risque que je la dénonce. Elle m'a frappée avec une grosse branche d'arbre. Elle m'a frappée encore et encore. Je me suis écroulée. J'ai fait mine d'être morte. Elle pensait m'avoir tuée. Alors, elle est retournée au motel.

— Si cruelle, dit Jean doucement. Elle était si cruelle.

Il croisa les bras sur sa poitrine.

— Et que s'est-il passé ensuite?

— J'étais très mal en point, dit Meggie en lissant les draps d'une main. J'ai levé les yeux et il y avait un homme devant moi. C'était Alex.

— Il t'a emmenée à la cabine?

— Oui, tôt ce matin. Il m'a poussée dans l'étang de piranhas. C'était… c'était un cauchemar. Mais j'ai réussi à sortir. Il ne savait pas à quel point je suis bonne nageuse. Même *moi*, je l'ignorais. Alex n'a même pas attendu pour voir si j'étais morte. Il avait tellement hâte de retourner vous chercher.

— Puis, tu as attendu dans la forêt ? demanda Jean.

— Je crois que j'ai perdu connaissance durant un moment. Je devais être en état de choc. Puis, j'ai entendu des voix. Je vous ai vus, Christine et toi. J'ai vu ce qui se passait.

Sa gorge se serra et elle ferma les yeux.

— Tu connais la suite.

— Tu m'as sauvé la vie, dit Jean.

— Toi aussi, dit Meggie en ouvrant les yeux et en souriant. Je crois que nous sommes presque quittes.

Elle jeta un coup d'œil vers son sac de toile.

— Où vas-tu maintenant ? Au nord ?

— Non.

Il secoua la tête.

— Je retourne à Key West.

— Chez toi ?

— Oui. Une fille m'attend là-bas. Elle s'appelle Mélissa. Je l'ai blessée. Je veux rentrer et…

— Tu l'as blessée ?

— En fait, j'ai rompu avec elle. Ça lui a fait très mal. Elle…

— Tu es *vraiment* vaniteux ! dit Meggie en riant.

Cette remarque surprit Jean. Il s'arrêta net, l'air songeur.

Meggie avait probablement raison. Mélissa avait du chagrin, mais pas autant qu'il ne voulait l'imaginer.

Il rit à son tour.

— Bon, je m'en vais. Ça ira?

Il saisit son sac.

— Oui, répondit Meggie. Mes parents sont en route.

Il franchit le seuil de la porte.

— Comment rentres-tu? cria Meggie derrière lui.

— En auto-stop, lui dit-il.

— Bonne chance! ajouta-t-elle.

F I N

Dans la même collection

ACHEVÉ D'IMPRIMER
EN OCTOBRE **1993**
SUR LES PRESSES DE
PAYETTE & SIMMS INC.
À SAINT-LAMBERT, P.Q.